LE SIGNE DES QUATRE

D1037824

Sir ARTHUR CONAN DOYLE

Sherlock Holmes

Le Signe des Quatre

TRADUCTION DE MICHEL LANDA

Préface de Germaine Beaumont

LE LIVRE DE POCHE

NAISSANCE DE SHERLOCK HOLMES

Toutes les formes de littérature ont leurs chefs-d'œuvre, et quiconque reconnaît à la littérature policière un droit de cité de plus en plus éminent dans la littérature ne peut que saluer avec respect la mémoire de Sir Arthur Conan Doyle.

Mais dès maintenant je m'incline devant une des plus extraordinaires identifications entre l'homme et l'œuvre, ou plutôt entre l'écrivain et le personnage créé par son génie. Car, pour des milliers de personnes, pour des milliers de lecteurs, la personnalité de Conan Doyle s'est confondue avec celle de Sherlock Holmes. En fait, alors que Conan Doyle mourait en 1930 (il était né en 1859), un pareil destin avait été refusé à Sherlock Holmes, par une sorte de plébiscite. En effet, lorsque Conan Doyle usa de son droit de créateur en le faisant périr, à la suite d'une ultime aventure, un tel concert de protestations s'éleva de tous les points du monde, que Conan Doyle dut ressusciter son héros. Depuis, la vie imaginaire de Sherlock est devenue une survie en dépit des goûts, des modes, des révolutions dans l'art et la pensée imposés par deux guerres successives, et cela grâce à l'originalité de sa personne et à la hardiesse de ses méthodes.

Certes, une stylisation superficielle et hâtive de ces méthodes peut en faire ressortir actuellement le côté systématique, mécanique même du fait de son rythme. Il n'en reste pas moins que ces méthodes ont posé une fois pour toutes, en matière de détection, des lois définies par Sherlock lui-même au cours de sa première apparition dans la fiction policière (*Etude en rouge*[1]). En un mot, quand elles ont établi la « Science de la Déduction », c'est-à-dire quand elles ont introduit dans les procédés alors en vogue, et reposant largement sur la délation ou sur la chance, la quasi-infaillibilité de l'observation, du raisonnement et la nécessité, pour devenir un brillant détective, de porter au superlatif l'analyse de l'*indice*.

Ce n'était pas le seul apport de Conan Doyle à la complexité du personnage de Sherlock Holmes. Il avait déjà lui-même donné ses preuves dans d'autres domaines, comme historien d'abord. N'était-il pas l'auteur de *Micah Clarke, La Compagnie blanche, Les Réfugiés, Sir Nigel, La Tragédie du Korosko, L'Oncle Bernac, Les Aventures du brigadier Gérard* ? Ne se reconnaissait-il pas comme lecteur fervent de Walter Scott et d'Edgar Poe ? N'était-il pas déjà penché, dans son amitié pour H.G. Wells, vers la science-fiction ? N'avait-il pas lu, encore qu'il en parlât par la voix de Sherlock Holmes avec quelque dédain, notre Gaboriau, et emprunté quelques traits à son M. Lecoq ?

C'est d'ailleurs l'universalité de sa culture, de ses curiosités, de ses penchants, de ses dons, qui anime son œuvre policière d'un tel souffle de vie. Homme robuste et fort, courageux et sportif, il était beaucoup plus désigné pour la vie au grand air, les randonnées, les explorations, les sports (il aimait la boxe et fut un des premiers automobilistes) que pour les longues heures de réclusion imposées par une œuvre littéraire considérable.

Mais si reclus qu'il pût demeurer et pendant des périodes fréquentes et prolongées, la vie contemporaine affluait vers lui comme les souffles de Londres à travers les fenêtres toujours mal jointes, hélas ! de

1. Le Livre de Poche n° 3113.

son domicile, au 221 b, de Baker Street, bientôt plus célèbre que Scotland Yard. Il suffit de lire *in extenso* les aventures de Sherlock Holmes pour mesurer combien l'œuvre de Conan Doyle est en fonction des événements, et de noter le reflet dans l'expérience de l'écrivain des métamorphoses qu'imposait le déroulement de la vie insulaire et mondiale. Ainsi voyons-nous Sherlock Holmes passer de l'ère victorienne, si marquée dans *Etude en rouge* et *Le Signe des Quatre*, à l'époque edwardienne, puis s'acheminer, par le XXe siècle débutant, jusqu'à la première guerre mondiale.

Dans *Etude en rouge*, c'est une Amérique encore sillonnée par les chariots des longues caravanes, qui promène son étrange fanatisme religieux en quête d'un gîte définitif. Dans *Le Signe des Quatre*, c'est encore le vieil empire britannique qui fait refluer vers le Londres mystérieux et enfumé de la reine Victoria, le relent chargé d'épices des grandes possessions d'outre-mer. Et plus particulièrement de l'Inde qui avait pour barde Rudyard Kipling et regorgeait des trésors fabuleux point encore galvaudés par les romanciers de second ordre.

L'Inde fulgurait encore comme un vitrail au couchant, quand Sherlock Holmes songea aux détours infernaux de la longue et inexorable vengeance du *Signe des Quatre*. Peu à peu, cette Inde de Cawnpore, de Nana Sahib et des vice-rois s'effacera. Mais, au temps de Nehru, c'est avec nostalgie que le lecteur, fuyant le morne alignement des peuples les uns sur les autres, remontera vers l'imagerie fabuleuse des époques perdues, et vers un pittoresque devenu à notre époque aussi inconcevable que l'étaient, au temps de Sherlock Holmes, les tapis volants.

Mais d'où que vinssent les motifs exotiques et profonds des drames, il leur fallait toujours, tôt ou tard, aboutir à Londres. Qui pourrait, par-delà ce Londres éventré et reconstruit, ne pas retrouver, l'ayant adorée, l'atmosphère de l'énorme ville d'avant guerre avec ses infinies possibilités de mystère. Un écrivain anglais eut l'idée un jour de dresser une carte du Londres de Dickens. Que ne suis-je restée là-bas pour tracer celle des rues, des allées, des impasses où Sherlock Holmes promena sa significative silhouette de globe-trotter de la détection. Si vaste, si secret par endroits, si inconnu même que puisse être encore Paris, il restera quand même accessible et lisible et même raisonnable, à côté du Londres des cabs et des four-wheelers et du fanal des pubs ouvrant des sillons jaunes dans les rues vides glissantes de pluie. Ainsi le fanal d'une barque dérivant à marée montante sur la Tamise, en éclaire par touches furtives et reflets clandestins les boueuses profondeurs.

Oh, il y a là un Londres qui ne s'efface pas des mémoires et tel que Gustave Doré, pour celui qui ne le parcourut point, en a traduit les inoubliables images. Le Londres du paupérisme et des mendiantes en chapeau, des voleurs de chiens et des orgues de Barbarie, et des camelots en habits cousus de boutons de nacre. Le Londres surpeuplé, compact, fêlé dans sa massive défense contre les intrusions de la police et du progrès, par le dédale des ruelles, des impasses et l'infiltration fluviale des docks.

C'est dans ce Londres-là que va se faufiler au début de sa carrière une silhouette plus familière — à mes yeux du moins — que ne le sera jamais aujourd'hui celle de son émule Maigret.

Mais comment était-il, ce nouveau venu d'une telle importance, d'une si magique vitalité ? « Il mesurait plus d'un mètre quatre-vingts, mais il était si excessivement mince qu'il paraissait beaucoup plus grand. Ses yeux étaient vifs et perçants (sauf pendant ses périodes d'atonie). Son nez, aquilin et fin, donnait à sa physionomie un air attentif et décidé. La forme carrée et proéminente de son menton indiquait aussi l'homme volontaire. Ses mains étaient toujours tachées d'encre ou maculées de produits chimiques, cependant il possédait une extraordinaire délicatesse de toucher. »

A cette description visuelle, faut-il ajouter les nota-

tions du fidèle Watson, ami, observateur, collabora-
teur, l'Eckermann en somme de ce Goethe ? Mais
comment résister au plaisir de citer ce fameux portrait mental ?

SHERLOCK HOLMES
Ses connaissances :

1. En littérature. — Nulles.
2. En philosophie. — Nulles.
3. En astronomie. — Nulles.
4. En politique. — Faibles.
5. En botanique. — Spéciales. Est calé sur la bel-
ladone, l'opium, tous les poisons en général. Ne
connaît rien au jardinage.
6. En géologie. — Pratiques mais restreintes. [...]
7. En chimie. — Approfondies.
8. En anatomie. — Exactes, mais sans système.
9. En littérature à sensation. — Immenses. Semble posséder tous les détails de chaque crime horrible commis au cours du siècle.
10. — Joue bien du violon.
11. — Est très adroit à la canne, à la boxe, à
l'escrime.
12. — A une bonne connaissance pratique des lois
anglaises.

On pourrait même ajouter : toxicomane, Sherlock
ayant recours au stimulus de la drogue (cocaïne)
pendant les périodes au cours desquelles aucun
appel n'était fait à ses services. Car, ce premier de
tous les détectives privés n'entrait en jeu que lorsque
les limiers de Scotland Yard ayant échoué dans leurs
investigations et les missions qu'on leur avait
confiées avaient recours à Sherlock Holmes pour les
aider. Au sujet de la drogue, dont Watson parle
d'ailleurs sans paraître s'en étonner ou formuler un
blâme, il est bon de se souvenir que la littérature
anglaise de l'époque ne lui accordait pas le titre de
stupéfiant qui la caractérise actuellement lorsqu'il

s'agit d'intoxications sans contrôle ; et qu'elle bénéficiait des lettres de noblesse conférées encore par De Quincy. D'ailleurs, il est très évident que Sherlock Holmes n'a recours à elle que pour maintenir en état d'alerte et d'activité son merveilleux cerveau.

On pourrait faire également une remarque ayant trait aux faiblesses de Sherlock Holmes en début de carrière, disons même en ses tout premiers débuts. Sherlock Holmes, si équilibré qu'il soit, cède au penchant de tout débutant, d'abord celui de multiplier avec quelque emphase les détails pittoresques, par exemple la mobilisation des « poulbots » de quartier pour récolter des *indices* et organiser des filatures, mais surtout à la tendance moins louable de sous-estimer la police d'Etat, représentée il est vrai par de vaniteux et incapables personnages, tels que le petit Lestrade et le blafard Gregson. L'outil, si bien perfectionné déjà, tremble un peu dans la main du génial artisan.

Mais, quelles que soient ces véniales faiblesses, qui ne se sentirait troublé par les premières lignes de *Etude en rouge* ; et par les mots fatidiques marquant la naissance d'un grand personnage littéraire et de sa prodigieuse carrière ? « C'était le 4 mars (1878), date mémorable pour moi », dira Watson... Mémorable pour nous aussi, car c'est dans ce récit que l'on relèvera, empruntées à une revue traînant sur une table, et où il les a consignées, les phrases d'un si considérable retentissement qui constituent en somme le credo de Sherlock.

« Comme toutes les sciences, la science de la déduction et de l'analyse ne peut s'acquérir qu'au prix de longues et patientes études... Avant de se tourner vers les aspects moraux et intellectuels du sujet où résident les plus grandes difficultés, le chercheur commencera par triompher des problèmes les plus simples. Qu'il apprenne à deviner au premier coup d'œil l'histoire d'un homme et la profession ou le métier qu'il exerce. Si puéril que puisse paraître cet exercice, il aiguise nos facultés d'observation, il nous apprend à regarder et à voir. Les ongles, la manche du vêtement, les chaussures, les genoux du pantalon, les durillons du pouce et de l'index, les manchettes de la chemise, l'expression du visage, voilà autant d'indications certaines sur le métier qu'exerce un homme. »

Et sur ce, un commissionnaire apporte une lettre qui commence par ces mots :

Cher Monsieur Sherlock Holmes,

Il y a eu une triste affaire au n° 3 de Lauriston Gardens qui aboutit à Brixton Road...

*
* *

Ainsi que je le remarquais, Conan Doyle aura recours, pour les débuts de Sherlock Holmes et afin de renforcer l'atmosphère d'un crime, à des motifs lointains et dramatiques qui en constituent la toile de fond. Il n'en reste pas moins que le cadre même du crime, une maison abandonnée sise dans quelque sordide impasse de faubourg sur la rive gauche de la Tamise, ne peut que rester gravé dans la mémoire. C'est un paysage de réalité où le pittoresque de théâtre se révèle inutile. C'est pourquoi il demeure saisissant. Pendant longtemps, à Londres, je ne pouvais me défendre, quand le hasard d'une longue promenade à l'aventure, hors des grandes artères fréquentées et bruyantes, m'amenait vers quelque *backstreet*, de regarder en frissonnant l'écriteau À LOUER jaunissant derrière la vitre sale d'une maison sans occupants. Et d'imaginer le premier cadavre « officiel » de Sherlock Holmes, M. Drebber, étendu dans ses beaux vêtements cossus sur le plancher sale du parloir.

Si lointaine que nous paraisse aujourd'hui l'*Étude en rouge*, à quelle distance n'est-elle pas, elle-même, des crimes emphatiques du début du XIXe siècle et de leurs « villains » de mélodrames. C'est que juste-

ment un pas énorme a été fait par Sherlock Holmes
hors des sentiers battus. Ce détective si riche, selon
Watson, en connaissances « nulles », est un vrai précurseur comme le fut dans *La Pierre de lune* (1868)
de Wilkie Collins le sergent-détective Cuff.

Dans sa remarquable préface à une réédition
de *La Pierre de lune*, le grand écrivain et poète
T.S. Eliot n'hésitera pas, pourtant, à placer Cuff bien
au-dessus de Sherlock Holmes. Selon lui, le sergent
Cuff est le détective parfait. « Nos détectives moder-
nes, écrit-il, sont, la plupart du temps, de capables
mais abstraites machines, oubliées dès l'instant où le
livre est lu, à moins qu'ils n'aient comme Sherlock
Holmes trop de traits distinctifs. Sherlock Holmes
est tellement alourdi de capacités, de particularités
et de réussites, qu'il en devient comme un personnage statique. Il nous est décrit plus qu'il ne se révèle
dans ses activités. Le sergent Cuff possède une personnalité aussi concrète qu'attachante, et il est
brillant sans être infaillible. »

Non qu'il n'y ait quelques ressemblances physi-
ques, sinon vestimentaires, entre les deux détectives,
car le sergent Cuff nous apparaît comme un homme
d'un certain âge, grisonnant, « et si déplorablement
maigre qu'il semblait n'avoir pas une once de chair
sur les os ». Il portait des vêtements d'un noir correct
et autour du cou une cravate blanche. Ses traits
avaient le tranchant d'une hache. Sa peau craque-
lée était aussi jaune, aussi sèche qu'une feuille
d'automne. Ses yeux d'un gris clair d'acier donnaient
l'impression inconfortable, quand ils rencontraient
les vôtres, d'attendre de vous plus de choses que vous
n'en aviez conscience vous-même. Sa démarche était
légère, sa voix mélancolique, ses longs doigts repliés
comme des griffes. Il aurait pu être un clergyman, un
employé des pompes funèbres, tout ce que vous
auriez voulu, sauf ce qu'il était... » Et, par-dessus le
marché, grand amateur de roses.

En dehors de certains traits communs dans
l'aspect des deux hommes, les réflexions de T.S. Eliot

sont certes pertinentes, mais on pourrait leur objec-
ter quelques arguments valables, à savoir que le
sergent-détective Cuff approche lui aussi d'un mystère (et c'est aussi dans une certaine mesure un mystère d'origine indienne) mais *sans* le résoudre, tout
en l'analysant avec pénétration. Et que, d'ailleurs, et
je dis : hélas ! il n'apparaît que dans ce mystère-là,
échappant ainsi au danger des stylisations.

Tel quel, il est de ces hommes dont on ne saurait
oublier l'apparition *unique,* et cela parce qu'elle semble en quelque sorte prémonitoire et l'annonce
d'hommes et de fonctions plus ou moins à leur
image. Alors qu'en ce qui concerne précisément
Sherlock Holmes, nous savons qu'il est un personnage sans lignée, répandant une lumière inextingui-
ble mais fixe — et T.S. Eliot le discerne fort bien —
comme celle d'un phare. Il aura beau être l'homme
du *Signe des Quatre* comme celui de *La Bande
tachetée* et celui du *Chien des Baskerville* ; il aura
beau diversifier le cadre de ses aventures et de ses
recherches, il n'y aura jamais, avec ses défauts et ses
qualités, sa surabondance et ses lacunes, et du fait de
la stylisation de ses procédés et de ses manies, qu'un
seul Sherlock Holmes.

Si je regarde attentivement le sergent Cuff, je vois
s'inscrire derrière lui, malgré les dissemblances
d'époque et de race et de physionomie, notre Maigret. Dans le prolongement de Sherlock Holmes, je
ne vois personne, et même je ne vois rien que les
paysages de Londres et de la campagne anglaise, et
le profil sur un mur d'une certaine casquette, d'une
certaine pipe...

Sherlock Holmes n'a pas de descendance. Il
m'apparaît simplement comme un homme qui
aurait écrit un livre prodigieux intitulé *Conan Doyle.*

Germaine BEAUMONT

LE SIGNE DES QUATRE

I

LA DÉDUCTION EST UNE SCIENCE

Sherlock Holmes prit la bouteille au coin de la cheminée, puis sortit la seringue hypodermique de son étui de cuir. Ses longs doigts pâles et nerveux préparèrent l'aiguille avant de relever la manche gauche de sa chemise. Un instant son regard pensif s'arrêta sur le réseau veineux de l'avant-bras criblé d'innombrables traces de piqûres. Puis il y enfonça l'aiguille avec précision, injecta le liquide, et se cala dans le fauteuil de velours en poussant un long soupir de satisfaction.

Depuis plusieurs mois j'assistais à cette séance qui se renouvelait trois fois par jour, mais je ne m'y habituais toujours pas. Au contraire, ce spectacle m'irritait chaque jour davantage, et la nuit ma conscience me reprochait de n'avoir pas eu le courage de protester. Combien de fois ne m'étais-je pas juré de délivrer mon âme et de dire ce que j'avais à dire ! Mais l'attitude nonchalante et réservée de mon compagnon faisait de lui le dernier homme avec lequel on pût se permettre une certaine indiscrétion. Je connaissais ses dons exceptionnels et ses qualités peu communes qui m'en imposaient : à le contrarier, je me serais senti timide et maladroit.

Pourtant, cet après-midi-là, je ne pus me contenir. Etait-ce la bouteille de beaune que nous avions bue à déjeuner ? Etait-ce sa manière provocante qui accentua mon exaspération ? En tout cas, il me fallut parler.

« Aujourd'hui, lui demandai-je, morphine ou cocaïne ? »

Ses yeux quittèrent languissamment le vieux livre imprimé en caractères gothiques qu'il tenait ouvert.

« Cocaïne, dit-il, une solution à sept pour cent. Vous plairait-il de l'essayer ?

— Non, certainement pas ! répondis-je avec brusquerie. Je ne suis pas encore remis de la campagne d'Afghanistan. Je ne peux pas me permettre de dilapider mes forces. »

Ma véhémence le fit sourire.

« Peut-être avez-vous raison, Watson, dit-il. Peut-être cette drogue a-t-elle une influence néfaste sur mon corps. Mais je la trouve si stimulante pour la clarification de mon esprit, que les effets secondaires me paraissent d'une importance négligeable.

— Mais considérez la chose dans son ensemble ! m'écriai-je avec chaleur. Votre cerveau peut, en effet, connaître une acuité extraordinaire ; mais à quel prix ! C'est un processus pathologique et morbide qui provoque un renouvellement accéléré des tissus, qui peut donc entraîner un affaiblissement permanent. Vous connaissez aussi la noire dépression qui s'ensuit : le jeu en vaut-il la chandelle ? Pourquoi risquer de perdre pour un simple plaisir passager les grands dons qui sont en vous. Souvenez-vous que ce n'est pas seulement l'ami qui parle en ce moment, mais le médecin en partie responsable de votre santé. »

Il ne parut pas offensé. Au contraire, il rassembla les extrémités de ses dix doigts et posa ses coudes sur les bras de son fauteuil comme quelqu'un s'apprêtant à savourer une conversation.

Mon esprit refuse la stagnation, répondit-il ; donnez-moi des problèmes, du travail ! Donnez-moi le cryptogramme le plus abstrait ou l'analyse la plus complexe, et me voilà dans l'atmosphère qui me

convient. Alors je puis me passer de stimulants arti-
ficiels. Mais je déteste trop la morne routine et l'existence ! Il me faut une exaltation mentale : c'est
d'ailleurs pourquoi j'ai choisi cette singulière profession ; ou plutôt, pourquoi je l'ai créée, puisque je suis
le seul au monde de mon espèce.

— Le seul détective privé ? dis-je, levant les sourcils.

— Le seul détective privé que l'on vienne consulter, précisa-t-il. En ce qui concerne la détection, la
recherche, c'est moi la suprême Cour d'appel. Lorsque Gregson, ou Lestrade, ou Athelney Jones don-
nent leur langue au chat — ce qui devient une habitude chez eux, soit dit en passant — c'est moi qu'ils
viennent trouver. J'examine les données en tant
qu'expert et j'exprime l'opinion d'un spécialiste. En
pareils cas, je ne demande aucune reconnaissance
officielle de mon rôle. Mon nom n'apparaît pas dans
les journaux. Le travail en lui-même, le plaisir de
trouver un champ de manœuvres pour mes dons
personnels sont ma plus haute récompense. Vous
avez d'ailleurs eu l'occasion de me voir à l'œuvre
dans l'affaire de Jefferson Hope.

— En effet. Et jamais rien ne m'a tant frappé. A tel
point que j'en ai fait un petit livre, sous le titre,
quelque peu fantastique de : *Étude en rouge*. »

Il hocha tristement la tête.

« Je l'ai parcouru, dit-il. Je ne peux, honnêtement,
vous en féliciter. La détection est, ou devrait être,
une science exacte ; elle devrait donc être constamment traitée avec froideur et sans émotion. Vous
avez essayé de la teinter de romantisme, ce qui produit le même effet que si vous introduisiez une histoire d'amour ou un enlèvement dans la cinquième
proposition d'Euclide.

— Mais l'élément romantique existait objective-
ment ! m'écriai-je. Je ne pouvais accommoder les
faits à ma guise.

— En pareil cas, certains faits doivent être sup-
primés ou, tout au moins, rapportés avec un sens

équitable des proportions. La seule chose qui méritait d'être mentionnée dans cette affaire était le
curieux raisonnement analytique remontant des
effets aux causes, grâce à quoi je suis parvenu à la
démêler. »

J'étais agacé, irrité par cette critique ; n'avais-je
pas travaillé spécialement pour lui plaire ? Son
orgueil semblait regretter que chaque ligne de mon
petit livre n'eût pas été consacrée uniquement à ses
faits et gestes... Plus d'une fois, durant les années
passées avec lui à Baker Street, j'avais observé
qu'une légère vanité perçait sous l'attitude tranquille
et didactique de mon compagnon. Je ne répliquai
rien, et m'occupai de ma jambe blessée. Une balle
Jezail l'avait traversée quelque temps auparavant, et
bien que je ne fusse pas empêché de marcher, je
souffrais à chaque changement du temps.

« Ma clientèle s'est récemment étendue aux pays
du continent, reprit Holmes en bourrant sa vieille
pipe de bruyère. La semaine dernière François le
Villard est venu me consulter. C'est un homme d'une
certaine notoriété dans la Police Judiciaire française. Il possède la fine intuition du Celte, mais il lui
manque les connaissances étendues qui lui permet-
traient d'atteindre les sommets de son art. L'affaire
concernait un testament et soulevait quelques points
intéressants. J'ai pu le renvoyer à deux cas similaires, l'un à Riga en 1857, l'autre à Saint-Louis en
1871 ; cela lui a permis de trouver la solution exacte.
Voici la lettre, reçue ce matin, me remerciant pour
l'aide apportée. »

Il me tendait, en parlant, une feuille froissée
d'aspect étrange. Je la parcourus ; il s'y trouvait une
profusion de superlatifs, de *magnifique* [1], de *coup de
maître* [1], de *tour de force* [1], qui attestaient l'ardente
admiration du Français.

« Il écrit comme un élève à son maître, dis-je.

---

1. En français dans le texte.

— Oh ! l'aide que je lui ai apportée ne méritait pas un tel éloge ! dit Sherlock Holmes d'un ton badin. Il est lui-même très doué ; il possède deux des trois qualités nécessaires au parfait détective : le pouvoir d'observer et celui de déduire. Il ne lui manque que le savoir et cela peut venir avec le temps. Il est en train de traduire en français mes minces essais.

— Vos essais ?

— Oh ! vous ne saviez pas ? s'écria-t-il en riant. Oui, je suis coupable d'avoir écrit plusieurs traités, tous sur des questions techniques, d'ailleurs. Celui-ci, par exemple, « *Sur la discrimination entre les différents tabacs* ». Cent quarante variétés de cigares, cigarettes, et tabacs y sont énumérées ; des reproductions en couleurs illustrent les différents aspects des cendres. C'est une question qui revient continuellement dans les procès criminels. Des cendres peuvent constituer un indice d'une importance capitale. Si vous pouvez dire, par exemple, que tel meurtre a été commis par un homme fumant un cigare de l'Inde, cela restreint évidemment votre champ de recherches. Pour l'œil exercé, la différence est aussi vaste entre la cendre noire d'un « Trichinopoly » et le blanc duvet du tabac « Bird's Eye », qu'entre un chou et une pomme de terre.

— Vous êtes en effet remarquablement doué pour les petits détails !

— J'apprécie leur importance. Tenez, voici mon essai sur la détection des traces de pas, avec quelques remarques concernant l'utilisation du plâtre de Paris pour préserver les empreintes... Un curieux petit ouvrage, celui-là aussi ! Il traite de l'influence des métiers sur la forme des mains, avec gravures à l'appui, représentant des mains de couvreurs, de marins, de bûcherons, de typographes, de tisserands, et de tailleurs de diamants. C'est d'un grand intérêt pratique pour le détective scientifique surtout pour découvrir les antécédents d'un criminel et dans les cas de corps non identifiés. Mais je vous ennuie avec mes balivernes !

— Point du tout ! répondis-je sincèrement. Cela m'intéresse beaucoup ; surtout depuis que j'ai eu l'occasion de vous voir mettre vos balivernes en application. Mais vous parliez il y a un instant d'observation et de déduction. Il me semble que l'un implique forcément l'autre, au moins en partie.

— Bah, à peine ! dit-il en s'adossant confortablement dans son fauteuil, tandis que de sa pipe s'élevaient d'épaisses volutes bleues. Ainsi, l'observation m'indique que vous vous êtes rendu à la poste de Wigmore Street ce matin ; mais c'est par déduction que je sais que vous avez envoyé un télégramme.

— Exact ! m'écriai-je. Correct sur les deux points ! Mais j'avoue ne pas voir comment vous y êtes parvenu. Je me suis décidé soudainement, et je n'en ai parlé à quiconque.

— C'est la simplicité même ! remarqua-t-il en riant doucement de ma surprise. Si absurdement simple qu'une explication paraît superflue. Pourtant, cet exemple peut servir à définir les limites de l'observation et de la déduction. Ainsi, j'observe des traces de boue rougeâtre à votre chaussure. Or, juste en face de la poste de Wigmore Street, la chaussée vient d'être défaite ; de la terre s'y trouve répandue de telle sorte qu'il est difficile de ne pas marcher dedans pour entrer dans le bureau. Enfin, cette terre est de cette singulière teinte rougeâtre qui, autant que je sache, ne se trouve nulle part ailleurs dans le voisinage. Tout ceci est observation. Le reste est déduction.

— Comment, alors, avez-vous déduit le télégramme ?

— Voyons, je savais pertinemment que vous n'aviez pas écrit de lettre puisque toute la matinée je suis resté assis en face de vous. Je puis voir également sur votre bureau un lot de timbres et un épais paquet de cartes postales. Pourquoi seriez-vous donc allé à la poste, sinon pour envoyer un télégramme ? Eliminez tous les autres mobiles, celui qui reste doit être le bon.

— C'est le cas cette fois-ci, répondis-je après un moment de réflexion. La chose est, comme vous dites, extrêmement simple... Me prendriez-vous cependant pour un impertinent si je soumettais vos théories à un examen plus sévère ?

— Au contraire, répondit-il. Cela m'empêchera de prendre une deuxième dose de cocaïne. Je serais enchanté de me pencher sur un problème que vous me soumettriez.

— Je vous ai entendu dire qu'il est difficile de se servir quotidiennement d'un objet sans que la personnalité de son possesseur y laisse des indices qu'un observateur exercé puisse lire. Or, j'ai acquis depuis peu une montre de poche. Auriez-vous la bonté de me donner votre opinion quant aux habitudes ou à la personnalité de son ancien propriétaire ? »

Je lui tendis la montre non sans malice : l'examen, je le savais, allait se révéler impossible, et le caquet de mon compagnon s'en trouverait rabattu. Il soupesa l'objet, scruta attentivement le cadran, ouvrit le boîtier et examina le mouvement d'abord à l'œil nu, puis avec une loupe. J'eus du mal à retenir un sourire devant son visage déconfit lorsqu'il referma la montre et me la rendit.

« Il n'y a que peu d'indices, remarqua-t-il. La montre ayant été récemment nettoyée, je suis privé des traces les plus évocatrices.

— C'est exact ! répondis-je. Elle a été nettoyée avant de m'être remise. »

En moi-même, j'accusai mon compagnon de présenter une excuse bien boiteuse pour couvrir sa défaite. Quels indices pensait-il tirer d'une montre non nettoyée ?

« Bien que peu satisfaisante, mon enquête n'a pas été entièrement négative, observa-t-il, en fixant le plafond d'un regard terne et lointain. Si je ne me trompe, cette montre appartenait à votre frère aîné qui l'hérita de votre père.

— Ce sont sans doute les initiales H.W. gravées au dos du boîtier qui vous suggèrent cette explication ?

— Parfaitement. Le W indique votre nom de famille. La montre date de près de cinquante ans ; les initiales sont aussi vieilles que la montre qui fut donc fabriquée pour la génération précédente. Les bijoux sont généralement donnés au fils aîné, lequel porte généralement le nom de son père. Or, votre père, si je me souviens bien, est décédé depuis plusieurs années. Il s'ensuit que la montre était entre les mains de votre frère aîné.

— Jusqu'ici, c'est vrai ! dis-je. Avez-vous trouvé autre chose ?

— C'était un homme négligent et désordonné ; oui, fort négligent. Il avait de bons atouts au départ, mais il les gaspilla. Il vécut dans une pauvreté coupée de courtes périodes de prospérité ; et il est mort après s'être adonné à la boisson. Voilà tout ce que j'ai pu trouver. »

L'amertume déborda de mon cœur. Je bondis de mon fauteuil et arpentai furieusement la pièce malgré ma jambe blessée.

« C'est indigne de vous, Holmes ! m'écriai-je. Je ne vous aurais jamais cru capable d'une telle bassesse ! Vous vous êtes renseigné sur la vie de mon malheureux frère : et vous essayez de me faire croire que vous avez déduit ces renseignements par je ne sais quel moyen de fantaisie.

« Ne vous attendez pas à ce que je croie que vous avez lu tout ceci dans une vieille montre ! C'est un procédé peu charitable qui, pour tout dire, frôle le charlatanisme.

— Mon cher docteur, je vous prie d'accepter mes excuses, dit-il gentiment. Voyant l'affaire comme un problème abstrait, j'ai oublié combien cela vous touchait de près et pouvait vous être pénible. Je vous assure, Watson, que j'ignorais tout de votre frère et jusqu'à son existence avant d'examiner cette montre.

— Alors, comment, au nom du Ciel, ces choses-là

vous furent-elles révélées ? Tout est vrai, jusqu'au plus petit détail.

— Ah ! c'est de la chance ! Je ne pouvais dire que ce qui me paraissait le plus probable. Je ne m'attendais pas à être si exact.

— Ce n'était pas, simplement, un exercice de devinettes ?

— Non, non ; jamais je ne devine. C'est une habitude détestable, qui détruit la faculté de raisonner. Ce qui vous semble étrange l'est seulement parce que vous ne suivez pas mon raisonnement et n'observez pas les petits faits desquels on peut tirer de grandes déductions. Par exemple, j'ai commencé par dire que votre frère était négligent. Observez donc la partie inférieure du boîtier et vous remarquerez qu'il est non seulement légèrement cabossé en deux endroits mais également couvert d'éraflures ; celles-ci ont été faites par d'autres objets : des clefs ou des pièces de monnaie qu'il mettait dans la même poche. Ce n'est sûrement pas un tour de force que de déduire la négligence chez un homme qui traite d'une manière aussi cavalière une montre de cinquante guinées. Ce n'est pas non plus un raisonnement génial qui me fait dire qu'un héritage comportant un objet d'une telle valeur a dû être substantiel. »

Je hochai la tête pour montrer que je le suivais.

« D'autre part, les prêteurs sur gages ont l'habitude en Angleterre de graver sur la montre, avec la pointe d'une épingle, le numéro du reçu délivré lors de la mise en gage de l'objet. C'est plus pratique qu'une étiquette qui risque d'être perdue ou transportée sur un autre article. Or, il n'y a pas moins de quatre numéros de cette sorte à l'intérieur du boîtier ; ma loupe les montre distinctement. D'où une première déduction : votre frère était souvent dans la gêne. Deuxième déduction : il connaissait des périodes de prospérité faute desquelles il n'aurait pu retirer sa montre. Enfin, je vous demande de regarder dans le couvercle intérieur l'orifice où s'introduit la clef du remontoir. Un homme sobre ne l'aurait pas

rayé ainsi ! En revanche, toutes les montres des
alcooliques portent les marques de mains pas trop
sûres d'elles-mêmes pour remonter le mécanisme.
Que reste-t-il donc de mystérieux dans mes explica-
tions ?

— Tout est clair comme le jour, répondis-je. Je
regrette d'avoir été injuste à votre égard. J'aurais dû
témoigner d'une plus grande foi en vos capacités.
Puis-je vous demander si vous avez une affaire sur le
chantier en ce moment ?

— Non. D'où la cocaïne. Je ne puis vivre sans faire
travailler mon cerveau. Y a-t-il une autre activité
valable dans la vie ? Approchez-vous de la fenêtre,
ici. Le monde a-t-il jamais été aussi lugubre, médio-
cre et ennuyeux ? Regardez ce brouillard jaunâtre
qui s'étale le long de la rue et qui s'écrase inutilement
contre ces mornes maisons ! Quoi de plus cafardeux
et de plus prosaïque ? Dites-moi donc, docteur, à
quoi peuvent servir des facultés qui restent sans utilisation ? Le crime est banal, la vie est banale, et
seules les qualités banales trouvent à s'exercer ici-
bas. »

J'ouvrais la bouche pour répondre à cette tirade,
lorsqu'on frappa à la porte ; notre logeuse entra,
apportant une carte sur le plateau de cuivre.

« C'est une jeune femme qui désire vous voir, dit-
elle à mon compagnon.

— Mlle Mary Morstan, lut-il. Hum ! Je n'ai aucun
souvenir de ce nom. Voulez-vous introduire cette
personne, madame Hudson ? Ne partez pas, docteur ; je préférerais que vous assistiez à l'entrevue. »

II

PRÉSENTATION DE L'AFFAIRE

Mademoiselle Morstan pénétra dans la pièce d'un pas décidé. C'était une jeune femme blonde, petite et délicate. Sa mise simple et modeste, bien que d'un goût parfait, suggérait des moyens limités. La robe, sans ornements ni bijoux, était d'un beige sombre tirant sur le gris. Elle était coiffée d'un petit turban, de la même couleur terne, qu'égayait le soupçon d'une plume blanche sur le côté. Sa beauté ne consistait pas dans la régularité des traits, ni dans l'éclat du teint ; elle résidait plutôt dans une expression ouverte et douce, dans deux grands yeux bleus sensibles et profonds. Mon expérience des femmes, qui s'étend à plusieurs pays des trois continents, ne m'avait jamais montré un visage exprimant mieux le raffinement du cœur.

Elle prit place sur le siège que Sherlock Holmes lui avança. Je remarquai aussitôt le tremblement de sa bouche et la crispation de ses mains ; tous les signes d'une agitation intérieure intense étaient réunis.

« Je viens à vous, monsieur Holmes, dit-elle, parce que vous avez aidé Mme Cecil Forrester, pour qui je travaille, à démêler une petite complication domestique. Elle a été très impressionnée par votre talent et votre obligeance.

— Mme Cecil Forrester ? répéta-t-il pensivement. Oui, je crois lui avoir rendu un petit service. C'était pourtant, si je m'en souviens bien, une affaire très simple.

— Ce n'est pas son avis. Mais en tout cas, vous n'en direz pas autant de mon histoire. Je puis difficilement en imaginer une plus étrange, plus complètement inexplicable. »

Holmes se frotta les mains. Ses yeux brillèrent. Il pencha en avant dans son fauteuil son profil d'oiseau de proie, et ses traits fortement dessinés exprimèrent soudain une extraordinaire concentration.

« Exposez votre cas », dit-il.

Il avait pris le ton d'un homme d'affaires. Ma position était embarrassante et je me levai :

« Vous m'excuserez, j'en suis sûr ! »

A ma grande surprise, la jeune femme me retint d'un geste de sa main gantée :

« Si votre ami avait l'amabilité de rester, dit-elle, il pourrait me rendre un grand service. »

Je n'eus plus qu'à me rasseoir.

« Voici brièvement les faits, continua-t-elle. Mon père était officier aux Indes ; il m'envoya en Angleterre quand je n'étais encore qu'une enfant. Ma mère était morte et je n'avais aucun parent ici. Je fus donc placée dans une pension, d'ailleurs excellente, à Edimbourg, et j'y demeurai jusqu'à dix-sept ans. En 1878, mon père, alors capitaine de son régiment, obtint un congé de douze mois et revint ici. Il m'adressa un télégramme de Londres annonçant qu'il était bien arrivé et qu'il m'attendait immédiatement à l'hôtel Langham. Son message était plein de tendresse. En arrivant à Londres, je me rendis au Langham ; je fus informée que le capitaine Morstan était bien descendu ici, mais qu'il était sorti la veille au soir et qu'il n'était pas encore revenu. J'attendis tout le jour, en vain. A la nuit, sur les conseils du directeur de l'hôtel, j'informai la police. Le lendemain matin, une annonce à ce sujet paraissait dans tous les journaux. Nos recherches furent sans résultat ; et depuis ce jour je n'eus plus aucune nouvelle de mon malheureux père. Il revenait en Angleterre le cœur riche d'espoir pour trouver un peu de paix et de réconfort, et au lieu de cela... »

Elle porta la main à la gorge, et un sanglot étrangla sa phrase.

« La date ? demanda Holmes, en ouvrant son carnet.

— Il disparut le 3 décembre 1878, voici presque dix ans.

— Ses bagages ?

— Etaient restés à l'hôtel. Mais ils ne contenaient aucun indice ; des vêtements, des livres, et un grand nombre de curiosités des îles Andaman. Il avait été officier de la garnison en charge des criminels relégués là-bas.

— Avait-il quelque ami en ville ?

— Un seul que je sache : le major Sholto, du même régiment, le 34ᵉ d'infanterie de Bombay. Le major avait pris sa retraite un peu auparavant et il vivait à Upper Norwood. Nous l'avons joint, bien entendu ; mais il ignorait même que son ami était en Angleterre.

— Singulière affaire ! remarqua Holmes.

— Je ne vous ai pas encore raconté la partie la plus déroutante. Il y a six ans, le 4 mai 1882, pour être exacte, une annonce parut dans le *Times*, demandant l'adresse de Mlle Mary Morstan et déclarant qu'elle aurait avantage à se faire connaître. Il n'y avait ni nom, ni adresse. Je venais d'entrer, alors, comme gouvernante dans la famille de Mme Cecil Forrester. Sur les conseils de cette dame, je fis publier mon adresse dans les annonces. Le même jour, je recevais par la poste un petit écrin en carton contenant une très grosse perle du plus bel orient ; rien d'autre. Depuis ce jour, j'ai reçu chaque année à la même date, un colis contenant une perle semblable, et sans aucune indication de l'expéditeur. J'ai consulté un expert : ces perles sont d'une espèce rare, et d'une valeur considérable. Jugez vous-même si elles sont belles ! »

Elle ouvrit une boîte plate, et nous présenta six perles : les plus pures que j'aie jamais vues.

« Votre récit est très intéressant, dit Sherlock Holmes. Y a-t-il eu autre chose ?

— Oui. Pas plus tard qu'aujourd'hui. C'est pourquoi je suis venue à vous. J'ai reçu une lettre ce matin. La voici.

— Merci, dit Holmes. L'enveloppe aussi, s'il vous plaît. Estampille de la poste : Londres, secteur Sud-

Ouest. Date : 7 juillet. Hum ! La marque d'un pouce dans le coin ; probablement celui du facteur. Enveloppe à six pence le paquet. Papier à lettres luxueux. Pas d'adresse.

« *Soyez ce soir à sept heures au Lyceum Theater, près du troisième pilier en sortant à partir de la gauche. Si vous n'avez pas confiance convoquez deux amis. Vous êtes victime d'une injustice qui sera réparée. N'amenez pas la police. Si vous le faisiez, tout échouerait. Votre ami inconnu.* »

« Eh bien, voilà un très joli petit mystère ! Qu'avez-vous l'intention de faire, mademoiselle Morstan ?

— C'est exactement la question que je voulais vous poser.

— Dans ce cas, nous irons certainement au rendez-vous ; vous, moi, et... oui, bien entendu, le docteur Watson. Votre correspondant permet deux amis ; le docteur est exactement l'homme qu'il faut. Nous avons déjà travaillé ensemble.

— Mais voudra-t-il venir ? demanda-t-elle d'une voix pressante.

— Je serai fier et heureux, dis-je avec ferveur, si je puis vous être de quelque utilité.

— Vous êtes très aimables tous les deux ! répondit-elle. Je mène une vie retirée, et je n'ai pas d'amis à qui je puisse faire appel. Je pense que nous aurons le temps si je reviens ici à six heures ?

— Pas plus tard, dit Holmes. Une autre question, si vous permettez. L'écriture sur cette enveloppe est-elle la même que celle que vous avez vue sur les boîtes contenant les perles ?

— Je les ai ici, répondit-elle, en montrant une demi-douzaine de morceaux de papier.

— Vous êtes une cliente exemplaire ; vous savez intuitivement ce qui est important. Voyons, maintenant. »

Etalant les papiers sur la table, il les compara d'un regard vif et pénétrant.

« L'écriture est déguisée, sauf sur la lettre, mais

l'auteur est certainement une seule et même personne, dit-il. Regardez comment l'*e* grec réapparaît à la moindre inattention ; et la courbure particulière de l'*s* final ! Je ne voudrais surtout pas vous donner de faux espoirs, mademoiselle Morstan, mais y a-t-il une ressemblance quelconque entre cette écriture et celle de votre père ?

— Aucune. Elles sont très différentes.

— Je m'attendais à cette réponse. Eh bien, à ce soir six heures, donc ! Permettez-moi de garder ces papiers. Il n'est que trois heures et demie et je peux en avoir besoin avant votre retour. Au revoir !

— Au revoir », répondit la jeune femme.

Reprenant sa boîte de perles, elle gratifia chacun de nous d'un charmant sourire et se retira rapidement.

Je la regardai par la fenêtre marcher dans la rue d'un pas vif, jusqu'à ce que le turban gris et la plume blanche se fondissent dans la foule.

« Quelle séduisante jeune femme ! » m'écriai-je en me retournant vers mon compagnon.

Il avait rallumé sa pipe et s'était renfoncé dans son fauteuil, les yeux fermés.

« Vraiment ? dit-il languissamment. Je n'avais pas remarqué.

— Vous êtes un véritable automate ! dis-je. Une machine à raisonner. Je vous trouve parfois radicalement inhumain. »

Il sourit pour répliquer :

« Il est essentiel que je ne me laisse pas influencer par des qualités personnelles. Un client n'est pour moi que l'élément d'un problème. L'émotivité contrarie le raisonnement clair et le jugement sain. La femme la plus séduisante que j'aie connue fut pendue parce qu'elle avait empoisonné trois petits enfants afin de toucher l'assurance vie contractée sur leurs têtes. D'autre part, l'homme le plus antipathique de mes relations est un philanthrope qui a dépensé près de 250 000 livres pour les pauvres.

— Dans ce cas particulier, cependant...

— Je ne fais jamais d'exception. L'exception
INFIRME la règle. Avez-vous jamais eu l'occasion
d'étudier le caractère de quelqu'un à travers son écriture ? Que pensez-vous de celle-ci ?

— Elle est lisible et régulière, répondis-je. Celle
d'un homme habitué aux affaires, et doué d'une certaine force de caractère. »

Holmes secoua la tête.

« Regardez les lettres à boucle : elles se différencient à peine du reste. Ce *d* pourrait être un *a*, et ce *l*
un *e*. Les hommes de caractère différencient toujours les lettres à boucle, aussi mal qu'ils écrivent.
Les *k* vacillent un peu, et les majuscules dénotent
une certaine vanité... Bien ! Maintenant, je vais sortir ; j'ai besoin de quelques renseignements. Laissez-
moi vous recommander ce livre, Watson ; il est
remarquable. C'est *Le Martyre de l'Homme*, de
Winwood Reade. Je serai de retour dans une heure. »

Je pris le volume et m'installai près de la fenêtre,
mais mes pensées s'éloignèrent bientôt des auda-
cieuses spéculations de l'écrivain. Je revoyais la
jeune femme, son sourire ; j'entendais à nouveau sa
voix flexible et mélodieuse racontant l'étrange mystère qui planait sur sa vie. Si elle avait dix-sept ans
au moment de la disparition de son père, elle en
avait vingt-sept maintenant : le bel âge ! La jeunesse,
encore éclatante, et dépouillée de son égoïsme, tem-
pérée par l'expérience... Ainsi rêvais-je, assis dans
mon fauteuil, jusqu'à ce que des pensées dangereu-
ses me vinssent à l'esprit : alors, je me précipitai à
mon bureau et me jetai à corps perdu dans le dernier
traité de pathologie. Que me croyais-je donc, moi,
simple chirurgien militaire affligé d'une jambe faible
et d'un compte en banque encore plus faible, pour
me laisser aller à de telles idées ? Cette jeune femme
n'était que l'un des éléments, des facteurs du problème. Si mon avenir était sombre, mieux valait le
regarder en face, comme un homme, plutôt que de le
camoufler sous les fantaisies irréelles de l'imagination.

III

EN QUÊTE D'UNE SOLUTION

Holmes ne revint qu'à cinq heures et demie. Alerte et souriant, il paraissait d'excellente humeur (état d'esprit qui alternait, chez lui, avec des accès de dépression profonde).

« Il n'y a pas grand mystère dans cette affaire ! dit-il en prenant la tasse de thé que je venais de lui verser. Les faits ne semblent admettre qu'une seule explication.

— Quoi ! Vous avez déjà trouvé la solution ?

— Ma foi, ce serait aller trop loin ! J'ai découvert un fait significatif, c'est tout ; mais il est très significatif. Il manque encore les détails. Je viens de trouver en effet, en consultant les archives du *Times*, que le major Sholto, de Upper Norwood, ancien officier du 34e régiment d'infanterie, est mort le 28 avril 1882.

— Je suis peut-être très obtus, Holmes, mais je ne vois rien de significatif en cela.

— Non ? Vous me surprenez ! Eh bien, veuillez considérer les faits que voici : Le capitaine Morstan disparaît. La seule personne qu'il connaissait à Londres est le major Sholto. Or, celui-ci affirme ignorer la présence du capitaine en Angleterre. Quatre ans plus tard, Sholto meurt. DANS LA SEMAINE QUI SUIT SA MORT, la fille du capitaine Morstan reçoit un présent d'une grande valeur, lequel se répète chaque année. La lettre d'aujourd'hui la décrit comme victime d'une injustice. Or, cette jeune femme a-t-elle subi d'autres préjudices que la disparition de son père ? Et pourquoi les cadeaux commencent-ils immédiatement après la mort de Sholto, sinon parce que son héritier, sachant quelque chose, veut réparer un tort ? A moins que vous n'ayez une autre théorie qui cadre avec tous ces faits !...

— Tout de même, n'est-ce pas une étrange façon

de compenser la disparition d'un père ? Et quelle curieuse manière de procéder ! Pourquoi, d'autre part, écrire cette lettre aujourd'hui, plutôt qu'il y a six ans ? Enfin, il est question de réparer une injustice. Comment ? En lui rendant son père ? On ne peut admettre qu'il soit encore vivant. Or, cette jeune femme n'est victime d'aucune autre injustice.

— Il y a des difficultés ! Mais notre expédition de ce soir les aplanira toutes. Ah ! voici un fiacre ; Mlle Morstan est à l'intérieur. Etes-vous prêt ? Alors, descendons, car il est six heures passées. »

Je pris mon chapeau et ma plus grosse canne. J'observai que Holmes prenait son revolver dans le tiroir et le glissait dans sa poche. Il pensait donc que notre soirée pourrait se compliquer.

Mlle Morstan était enveloppée d'un manteau sombre ; son visage fin était pâle, mais calme. Il aurait fallu qu'elle fût plus qu'une femme pour ne pas éprouver un malaise devant l'étrange expédition dans laquelle nous nous embarquions. Cependant elle était très maîtresse d'elle-même, à en juger par les claires réponses qu'elle fit aux questions que Holmes lui posa.

« Dans ses lettres, papa parlait beaucoup du major Sholto, dit-elle. Ils devaient être amis intimes. Ils s'étaient sans doute trouvés très souvent ensemble puisqu'ils commandaient les troupes des îles Andaman. Pendant que j'y pense, un étrange document a été trouvé dans le bureau de papa. Personne n'a pu le comprendre. Je ne pense pas qu'il soit de la moindre importance, mais peut-être aimeriez-vous en prendre connaissance. Le voici. »

Holmes déplia soigneusement la feuille de papier et la lissa sur son genou. Puis il l'examina à l'aide de sa loupe.

« Le papier a été fabriqué aux Indes, remarqua-t-il. Il fut, à un moment, épinglé à une planche. Le schéma dessiné semble être le plan d'une partie d'un grand bâtiment pourvu de nombreuses entrées, couloirs et corridors. Une petite croix a été tracée à l'encre rouge ; au-dessus d'elle, il y a : « 3,37 à partir de la gauche » écrit au crayon. Dans le coin gauche, un curieux hiéroglyphe ressemblant à quatre croix alignées à se toucher. A côté, en lettres malhabiles et grossières, il est écrit :

« *Le Signe des Quatre. Jonathan Small, Mahomet Singh, Abdullah Khan, Dost Akbar.* »

« Non, j'avoue ne pas voir comment ce document pourrait se rattacher à notre affaire. Mais il est certainement important ; il a été soigneusement rangé dans un portefeuille, car le verso est aussi propre que le recto.

— Je l'ai en effet trouvé dans son portefeuille.

— Gardez-le précieusement, mademoiselle Morstan ; il pourrait nous servir. Je commence à me demander si cette affaire n'est pas plus profonde et subtile que je ne l'avais d'abord supposé. Il me faut reconsidérer mes idées. »

Il se rencogna dans le siège de la voiture. A son front plissé et à son regard absent, je devinai qu'il réfléchissait intensément. Mlle Morstan et moi conversâmes à mi-voix sur notre présente expédition et ses résultats possibles, mais Holmes se cantonna dans une réserve impénétrable jusqu'à la fin du voyage.

Nous étions en septembre ; la soirée s'annonçait aussi lugubre que le jour. Un brouillard dense et humide imprégnait la grande ville. Des nuages couleur de boue se traînaient misérablement au-dessus des rues bourbeuses. Le long du Strand, les lampadaires n'étaient plus que des points de lumière diffuse et détrempée, jetant une faible lueur circulaire sur le pavé gluant. Les lumières jaunes des vitrines éclairaient par places l'atmosphère moite. Il y avait, me semblait-il, quelque chose de fantastique et d'étrange dans cette procession sans fin de visages surgissant un instant pour disparaître ensuite : visages tristes ou heureux, hagards ou satisfaits. Glissant de la morne obscurité à la lumière pour retomber bientôt dans les ténèbres, ils symbolisaient l'humanité entière. Je ne suis pas généralement impressionnable, mais cette ambiance et les bizarreries de notre entreprise s'allièrent pour me déprimer. L'attitude de Mlle Morstan reflétait la mienne. Holmes, lui, pouvait s'élever au-dessus d'influences semblables. Il tenait son carnet ouvert sur son genou et, s'éclairant de sa lampe de poche, il inscrivait de temps à autre des phrases et des chiffres.

Au Lyceum Theater, la foule se pressait devant les entrées latérales. Le long de la façade, défilait une ligne ininterrompue de fiacres et de voitures particulières qui déchargeaient leur cargaison d'hommes et de femmes en tenue de soirée. A peine étions-nous parvenus au troisième pilier, lieu de notre rendez-vous, qu'un petit homme brun et vif, vêtu en cocher, nous accostait.

« Etes-vous les personnes qui accompagnent Mlle Morstan ? demanda-t-il.

— Je suis mademoiselle Morstan, et ces deux messieurs sont mes amis », dit-elle.

Il leva vers nous un regard étonnamment scrutateur.

« Vous m'excuserez, mademoiselle, dit-il d'un ton plutôt rogue, mais il faut que vous me donniez votre parole d'honneur qu'aucun de ces messieurs n'est un policier.

— Je vous en donne ma parole », répondit-elle.

Il émit un sifflement aigu ; un gamin amena une voiture dont il ouvrit la porte. L'homme qui nous avait abordés monta sur le banc du conducteur tandis que nous prenions place à l'intérieur. A peine étions-nous installés que le cocher fouetta ses chevaux et nous entraîna dans les rues brumeuses à une allure folle.

Notre situation était curieuse nous nous rendions dans un endroit inconnu pour des raisons inconnues. Cependant cette invitation était, ou bien une mystification complète, hypothèse difficile à soutenir, ou bien la preuve que des événements importants se préparaient. Mlle Morstan paraissait plus résolue et plus décidée que jamais. J'entrepris de la distraire par le récit de certaines de mes aventures en Afghanistan. Mais, à dire vrai, j'étais moi-même si curieux de notre destination, que mes histoires s'embrouillèrent quelque peu. Aujourd'hui encore elle affirme que je lui ai raconté une émouvante anecdote, selon laquelle la gueule d'un fusil ayant surgi à l'intérieur de ma tente au milieu de la nuit, j'aurais empoigné un fusil de chasse et tiré en cette direction. En tout cas, notre itinéraire m'intéressait plus que ces vieilles histoires. J'avais suivi au début la direction dans laquelle nous allions ; mais, bientôt, le brouillard, la vitesse, et ma connaissance limitée de Londres me firent perdre le fil. Je ne sus plus rien, sinon que nous faisions un long trajet. Mais Sherlock Holmes suivait notre route. Il murmurait le nom des quartiers et des rues tortueuses que notre voiture dévalait à grand bruit.

« Rochester Row, dit-il. Maintenant, Vincent Square. Nous arrivons sur la route du pont de Vauxhall. Apparemment, nous nous dirigeons du côté du Surrey. Oui, c'est ce que je pensais. Nous sommes sur le pont, à présent. Vous pouvez apercevoir les reflets du fleuve. »

Nous pûmes distinguer, en effet, une partie de la Tamise dans laquelle les lampadaires miroitaient faiblement. Mais déjà notre véhicule s'engageait de l'autre côté dans un labyrinthe de rues.

« Wandsworth Road, dit mon compagnon. Priory Road. Larkhall Lane. Stockwell Place. Robert Street. Coldharbour Lane. Notre enquête ne semble pas nous mener vers un quartier bien élégant... »

Il est vrai que l'aspect des rues n'était pas encourageant. La monotonie des maisons de briques n'était coupée, çà et là, que par les cafés situés aux croisements. Puis apparurent des villas à deux étages, chacune possédant son jardin miniature. Et ce fut à nouveau l'interminable alignement de bâti-

ments neufs et criards qui ressemblaient à des ten-
tacules monstrueux que la ville géante aurait lancés
dans la campagne environnante. Notre voiture
stoppa enfin à la troisième maison d'une rue nouvel-
lement percée. Les autres immeubles paraissaient
inhabités. Celui devant lequel nous nous étions
arrêtés était aussi sombre que les autres, mais une
faible lueur brillait à la fenêtre de la cuisine. Dès que
l'on frappa, la porte fut ouverte par un serviteur
hindou nanti d'un turban jaune et d'amples vêtements blancs serrés à la taille par une ceinture également jaune. Il y avait quelque chose d'incongru
dans cette apparition orientale qui s'encadrait dans
la porte d'une banale maison de banlieue.

« Le sahib vous attend ! » dit-il.

Au même moment, une voix pointue et criarde
s'éleva de l'intérieur.

« Fais-les entrer, *khitmutgar* ! cria-t-elle. Introduis-
les ici tout de suite ! »

IV

LE RÉCIT DE L'HOMME CHAUVE

Nous suivîmes l'Hindou le long d'un couloir sordide, mal éclairé et encore plus mal meublé ; au bout
il ouvrit une porte sur la droite. L'éclat d'une lampe
jaune nous accueillit. Au milieu de cette clarté sou-
daine se tenait un petit homme au crâne immense,
nu, étincelant : une couronne de cheveux roux
autour de la tête évoquait irrésistiblement le sommet
d'une montagne surgissant d'entre une forêt de
sapins. L'homme, debout, tordait nerveusement ses
mains. Les traits de son visage s'altéraient sans cesse
et l'expression de sa physionomie passait du sourire
à la maussaderie sans qu'on sût pourquoi. En outre,

il était affligé d'une lèvre inférieure pendante qui laissait voir une rangée de dents jaunes et mal plantées ; il tentait de les dissimuler en promenant constamment sa main sur la partie inférieure de son visage. Il paraissait jeune, malgré sa calvitie : de fait, il venait d'avoir trente ans.

« Je suis votre serviteur, mademoiselle Morstan ! répétait-il de sa voix pointue. Votre serviteur, messieurs ! Je vous prie d'entrer dans mon petit sanctuaire. Il n'est pas grand, mademoiselle, mais je l'ai aménagé selon mon goût : une oasis de beauté dans le criant désert du Sud de Londres. »

Nous fûmes tous abasourdis par l'aspect de la pièce dans laquelle il nous conviait. Elle paraissait aussi déplacée dans cette triste maison qu'un diamant de l'eau la plus pure sur une monture de cuivre. Les murs étaient ornés de tapisseries et de rideaux d'un coloris et d'un travail incomparables ; ici et là, on les avait écartés pour mieux faire ressortir un vase oriental ou quelque peinture richement encadrée. Le tapis ambre et noir était si doux, si épais, que le pied s'y enfonçait avec plaisir comme dans un lit de mousse. Deux grandes peaux de tigre ajoutaient à l'impression de splendeur orientale. Un gros narghileh, posé sur un plateau, ne déparait pas l'ensemble. Suspendu au milieu de la pièce par un fil d'or presque invisible, un brûle-parfum en forme de colombe répandait une odeur subtile et pénétrante.

Le petit homme se présenta en sautillant :

« M. Thaddeus Sholto ; tel est mon nom. Vous êtes Mlle Morstan, bien entendu ? Et ces messieurs... ?

— Voici M. Sherlock Holmes et le docteur Watson.

— Un médecin, eh ? s'écria-t-il, très excité. Avez-vous votre stéthoscope ? Pourrais-je vous demander... ? Auriez-vous l'obligeance... ? J'ai des doutes sérieux quant au bon fonctionnement de ma valvule mitrale, et si ce n'était trop abuser... ? Je crois pouvoir compter sur l'aorte, mais j'aimerais beaucoup avoir votre opinion sur la mitrale. »

J'auscultai son cœur comme il me le demandait, mais je ne trouvai rien d'anormal, sauf qu'il souffrait d'une peur incontrôlable : il tremblait d'ailleurs de la tête aux pieds.

« Tout semble normal, dis-je. Vous n'avez aucune raison de vous inquiéter.

— Vous voudrez bien excuser mon anxiété, mademoiselle Morstan, remarqua-t-il légèrement. Je suis de santé fragile, et depuis longtemps cette valvule me préoccupait. Je suis enchanté d'apprendre que c'était à tort. Si votre père, mademoiselle, n'avait fatigué son cœur à l'excès, il pourrait être encore vivant aujourd'hui. »

J'aurais voulu le gifler. J'étais indigné par cette façon grossière et nonchalante de parler d'un sujet aussi pénible. Mlle Morstan s'assit ; une pâleur extrême l'envahit ; ses lèvres devinrent blanches.

« Au fond de moi, je savais qu'il était mort ! murmura-t-elle.

— Je peux vous donner tous les détails, dit-il. Mieux, je puis vous faire justice. Et je le ferai, quoi qu'en dise mon frère Bartholomew. Je suis très heureux de la présence de vos amis ici. Non seulement parce qu'ils calment votre appréhension, mais aussi parce qu'ils seront témoins de ce que je vais dire et faire. Nous quatre pouvons affronter mon frère Bartholomew. Mais n'y mêlons pas des étrangers ; ni police, ni d'autres fonctionnaires ! S'il n'y a pas d'intervention intempestive, nous parviendrons à tout arranger d'une manière satisfaisante. Rien n'ennuierait plus mon frère Bartholomew que de la publicité autour de cette affaire. »

Il s'assit sur un pouf et ses yeux bleus, faibles et larmoyants, nous interrogèrent.

« En ce qui me concerne, ce que vous direz n'ira pas plus loin », fit Holmes.

J'acquiesçai d'un signe de tête.

« Voilà qui est bien ! dit l'homme. Très bien ! Puis-je vous offrir un verre de chianti, mademoiselle Morstan ? Ou de tokay ? Je n'ai pas d'autre vin.

Ouvrirai-je une bouteille ? Non ? J'espère alors que la fumée ne vous incommode pas ? Le tabac d'Orient dégage une odeur balsamique. Je suis un peu nerveux, voyez-vous, et le narghilé est pour moi un calmant souverain. »

Il approcha une bougie et bientôt la fumée passa en bulles joyeuses à travers l'eau de rose. Assis en demi-cercle, tête en avant, le menton reposant sur les mains, nous regardions tous trois le petit homme à l'immense crâne luisant, qui nous faisait face en tirant sur sa pipe d'un air mal assuré.

« Après avoir décidé d'entrer en relation directe avec vous, dit-il, j'ai hésité à vous donner mon adresse. Je craignais que, ne tenant pas compte de ma demande, vous n'ameniez avec vous des gens déplaisants. Je me suis donc permis de vous donner un rendez-vous de telle manière que Williams puisse d'abord vous voir. J'ai complètement confiance en cet homme. Je lui avais d'ailleurs recommandé de ne pas vous amener au cas où vous lui sembleriez suspects. Vous me pardonnerez ces précautions, mais je mène une vie quelque peu retirée. De plus, rien n'est plus répugnant à ma sensibilité — que je pourrais qualifier de raffinée — qu'un policier. J'ai une tendance naturelle à éviter toute forme de matérialisme grossier ; et c'est rarement que j'entre en contact avec la vulgarité de la foule. Je vis, comme vous pouvez le constater, dans une ambiance élégante. Je pourrais m'appeler un protecteur des Arts. C'est ma faiblesse. Ce paysage est un Corot authentique. Un expert pourrait peut-être formuler quelque réserve en ce qui concerne ce Salvator Rosa ; mais ce Bouguereau, en revanche, n'offre pas matière à discussion. J'ai un penchant marqué pour la récente Ecole française, je l'avoue.

— Vous m'excuserez, monsieur Sholto, dit Mlle Morstan, mais je suis ici, sur votre demande, pour entendre quelque chose que vous désirez me dire. Il est déjà très tard, et j'aimerais que l'entrevue soit aussi courte que possible.

— Même si tout va bien, ce sera long ! répondit-il.
Il nous faudra certainement aller à Norwood pour
voir mon frère Bartholomew. Nous essaierons tous
de lui faire entendre raison. Il est très en colère
contre moi parce que j'ai fait ce qui me semblait
juste. Nous nous sommes presque querellés la nuit
dernière. Vous ne pouvez imaginer comme il est
terrible lorsqu'il est en colère.

— S'il nous faut aller à Norwood, nous ferions
peut-être aussi bien de partir tout de suite ! »
hasardai-je.

Il rit au point d'en faire rougir ses oreilles.

« Ce n'est pas possible ! s'écria-t-il. Je ne sais comment il réagirait si je vous amenais d'une façon aussi
impromptue. Non, je dois d'abord expliquer nos
positions respectives. Et tout d'abord, il y a plusieurs
points que j'ignore moi-même dans cette histoire. Je
puis seulement vous exposer les faits tels qu'ils me
sont connus.

« Le major John Sholto, qui appartenait à l'armée
des Indes, était mon père, comme vous l'avez peut-
être deviné. Il prit sa retraite il y a environ onze ans
et vint s'installer à Pondichery Lodge, situé dans
Upper Norwood. Il avait fait fortune aux Indes ; il en
ramena une somme d'argent considérable, une
grande collection d'objets rares et précieux, et enfin
quelques serviteurs indigènes. Il s'acheta alors une
maison et vécut d'une manière luxueuse. Mon frère
jumeau Bartholomew et moi étions ses seuls
enfants.

« Je me souviens fort bien de la stupéfaction que
causa la disparition du capitaine Morstan. Nous
lûmes les détails dans les journaux et, sachant qu'il
avait été un ami de notre père, nous discutâmes
librement le cas en sa présence. D'ailleurs, il prenait
part aux spéculations que nous fîmes pour expliquer
le mystère. Jamais, l'un ou l'autre, nous n'avons
soupçonné qu'il en gardait le secret caché en son
cœur. Pourtant, il connaissait, et lui seul au monde,
le destin d'Arthur Morstan.

« Ce que nous savions, c'est qu'un mystère, un danger positif, pesait sur notre père. Il avait grand-peur de sortir seul, et il avait engagé comme portiers deux anciens professionnels de la boxe. Williams, qui vous a conduits ce soir, était l'un d'eux. Il fut en son temps champion d'Angleterre des poids légers. Notre père ne voulait pas nous confier le motif de ses craintes, mais il avait une aversion profonde pour les hommes à jambe de bois. A tel point qu'un jour il n'hésita pas à tirer une balle de revolver contre l'un d'eux, qui n'était qu'un inoffensif commis voyageur en quête de commandes. Il nous fallut payer une grosse somme pour étouffer l'affaire. Mon frère et moi avions fini par penser qu'il s'agissait d'une simple lubie. Mais les événements qui suivirent nous firent changer d'avis.

« Au début de 1882, mon père reçut une lettre en provenance des Indes. Il faillit s'évanouir devant son petit déjeuner en la lisant, et de ce jour il dépérit. Nous n'avons jamais découvert le contenu de cette lettre, mais je pus voir, au moment où il en prenait connaissance, qu'elle ne comportait que quelques phrases griffonnées. Depuis des années mon père souffrait d'une dilatation du foie ; son état empira rapidement. Vers la fin avril, nous fûmes informés qu'il était perdu et qu'il désirait nous entretenir une dernière fois.

« Quand nous entrâmes dans sa chambre, il était assis, soutenu par de nombreux oreillers, et il respirait péniblement. Il nous demanda de fermer la porte à clef et de venir chacun d'un côté du lit. Etreignant nos mains, il nous fit un étrange récit. L'émotion autant que la douleur l'interrompaient. Je vais essayer de vous le dire en ses propres termes :

« En ce dernier instant, dit-il, une seule chose me tourmente l'esprit : la manière dont j'ai traité l'orpheline de ce malheureux Morstan. La maudite avarice qui fut mon péché capital a privé cette enfant d'un trésor dont la moitié au moins lui revenait. Et pourtant, je ne l'ai pas utilisé moi-même, tant l'avarice est aveugle et stupide. Le simple fait de posséder m'était si cher que je répugnais à partager, si peu que ce fût. Voyez-vous ce chapelet de perles à côté de ma bouteille de quinine ? Je n'ai pu me résoudre à m'en séparer ! Et pourtant, je l'ai sorti avec le ferme dessein de le lui envoyer. Vous, mes enfants, vous lui donnerez une part équitable du trésor d'Agra. Mais ne lui envoyez rien, pas même le chapelet, avant ma mort. Après tout, bien des hommes plus malades que moi se sont rétablis !

« Je vais vous dire comment Morstan est mort, poursuivit-il. Depuis longtemps il souffrait du cœur, mais il ne l'avait dit à personne. Moi seul étais au courant. Aux Indes, par un concours de circonstances extraordinaires, lui et moi étions entrés en possession d'un trésor considérable. Je le transportai en Angleterre, et dès le soir de son arrivée, Morstan vint me réclamer sa part. Il avait marché depuis la gare, et ce fut mon fidèle Lal Chowder, mort depuis, qui l'introduisit. Nous discutâmes de la répartition du trésor, et une violente querelle éclata. Au comble de la fureur, Morstan s'était levé, mais il porta soudain la main au côté ; son visage changea de couleur ; il tomba en arrière ; dans la chute sa tête heurta l'angle du coffre au trésor. Quand je me penchai sur lui, je constatai avec horreur qu'il était mort.

« Un long moment je restai immobile dans mon fauteuil, le cerveau vidé, sans savoir quoi faire. Ma première pensée fut, bien sûr, de courir chercher de l'aide. Mais n'avais-je pas toutes les chances d'être accusé de meurtre ? Sa mort était survenue au cours d'une querelle ; et il y avait cette entaille à la tête qu'il s'était faite en tombant : autant de lourdes présomptions contre moi. De plus, une enquête officielle dévoilerait à propos du trésor certains faits que je ne tenais nullement à divulguer. Morstan m'avait dit que personne au monde ne savait qu'il s'était rendu chez moi ; il ne me paraissait pas nécessaire que quiconque l'apprît jamais.

« J'étais en train de remuer tout cela dans ma tête

quand, levant les yeux, je vis Lal-Chowder dans
l'encadrement de la porte. Il entra sans bruit, et
ferma à clef derrière lui.

« Ne craignez rien, sahib ! dit-il. Personne n'a
besoin de savoir que vous l'avez tué. Allons le cacher
au loin. Qui pourrait savoir ?

« — Je ne l'ai pas tué ! »

« Lal Chowder secoua la tête et sourit.

« J'ai entendu, sahib ! dit-il. J'ai entendu la dis-
pute, et j'ai entendu le coup. Mais mes lèvres sont
scellées. Tous dorment dans la maison. Emme-
nons-le au loin. »

« Ces paroles arrachèrent ma décision. Si le plus
fidèle de mes serviteurs ne pouvait croire en mon
innocence, comment convaincrais-je les douze lour-
dauds d'un jury ? Lal Chowder et moi nous fîmes
disparaître le corps cette même nuit. Et quelques
jours plus tard, les journaux londoniens s'interro-
geaient sur la disparition mystérieuse du capitaine
Morstan. Vous comprenez, par mon récit, que sa
mort ne saurait m'être imputée. Ma faute réside en
ceci : j'ai caché non seulement le corps, mais aussi le
trésor dont une part revenait de droit à Morstan ou à
ses descendants. Je désire donc que vous fassiez une
restitution. Venez tout près. Le trésor est caché
dans... »

« A cet instant, l'horreur le défigura : ses yeux
s'affolèrent et sa mâchoire tomba.

« Chassez-le ! Au nom du Christ, chassez-le ! »
cria-t-il d'une voix que je n'oublierai jamais.

« Nous avons regardé vers la fenêtre sur laquelle
son regard s'était fixé. Un visage surgi des ténèbres
nous observait. C'était une tête chevelue et barbue
dont le regard cruel, sauvage, exprimait une haine
ardente. Nous nous précipitâmes vers la fenêtre,
mais l'homme avait disparu. Quand nous revînmes
vers notre père, son menton s'était affaissé, et son
pouls avait cessé de battre.

« Nous fouillâmes le jardin cette nuit-là, mais sans
trouver d'autre trace que l'empreinte d'un pied uni-

que dans le lit de fleurs. Sans cette marque, peut-être aurions-nous cru que seule notre imagination avait fait surgir ce visage féroce. Nous eûmes cependant une autre preuve, encore plus flagrante, que des ennemis nous entouraient : le lendemain matin, on trouva ouverte la fenêtre de la chambre de notre père ; placards et tiroirs avaient été fouillés ; et sur la poitrine du mort était fixé un morceau de papier avec ces mots griffonnés : « le Signe des Quatre. » Nous n'avons jamais appris ce que signifiait cette expression, ni qui en était l'auteur. A première vue rien n'avait été dérobé, et pourtant tout avait été mis sens dessus dessous. Mon frère et moi avons fait un rapprochement normal entre ce mystérieux incident et la peur dont notre père souffrit durant sa vie. Mais le mystère pour nous reste entier. »

Le petit homme s'arrêta pour rallumer son narghileh et il fuma quelques instants en silence. Nous étions tous assis, immobiles, sous le coup de ce récit extraordinaire. Durant les brefs instants où la mort de son père avait été décrite, Mlle Morstan était devenue livide et j'avais craint qu'elle ne s'évanouît. Elle s'était cependant reprise après avoir bu un verre d'eau que je lui avais discrètement versé d'une carafe vénitienne à ma portée. Sherlock Holmes s'était renfoncé dans son siège dans une attitude absente, les yeux à peine ouverts. Je ne pus m'empêcher de penser en le regardant, que le matin même, il s'était plaint de la banalité de l'existence ! Là en tout cas, il tenait un problème qui allait mettre sa sagacité à l'épreuve... Le regard de M. Taddeus Sholto allait de l'un à l'autre ; manifestement fier de l'effet produit par son histoire, il en reprit le fil, s'interrompant parfois pour tirer une bouffée.

« Mon frère et moi étions fort intéressés, comme vous pouvez l'imaginer, par ce trésor dont notre père avait parlé. Pendant des semaines et des mois nous avons fouillé et retourné chaque parcelle du jardin sans pourtant trouver la cachette. La pensée que le secret était sur ses lèvres quand il mourut nous rendait fous de dépit. Nous pouvions préjuger de la splendeur de ce trésor d'après le chapelet de perles qui en faisait partie. Nous eûmes d'ailleurs une discussion à ce sujet, mon frère et moi. Les perles étaient évidemment d'une grande valeur et Bartholomew ne voulait pas s'en séparer. Il avait hérité, soit dit entre nous, le penchant de mon père vers l'avarice. Il pensait aussi que le chapelet exciterait la curiosité et pourrait nous attirer des ennuis. Tout ce que je pus obtenir de lui fut que je trouverais l'adresse de Mlle Morstan et que je lui enverrais une perle à intervalles réguliers, afin qu'elle ne se trouve jamais dans le dénuement.

— C'était très charitable de votre part, dit la jeune femme spontanément. Je vous en suis très reconnaissante ! »

Le petit homme agita sa main.

« Point du tout ! dit-il. Nous étions votre dépositaire. Telle était du moins mon opinion ; mais j'avoue que mon frère Bartholomew ne m'a jamais suivi jusque-là. Nous jouissions nous-mêmes d'une belle aisance. Je ne désirais pas plus. D'ailleurs, il eût été du plus mauvais goût de se montrer aussi ladre envers une jeune femme. « Le mauvais goût mène au crime », comme disent les Français non sans élégance... Bref, notre désaccord s'accentua au point que je trouvai préférable de m'installer chez moi. J'ai donc quitté Pondichery Lodge, emmenant avec moi Williams et le vieux *khitmutgar*. Mais hier j'ai appris une nouvelle de grande importance : le trésor a été découvert. J'ai aussitôt écrit à Mlle Morstan, et il ne nous reste plus qu'à nous rendre à Norwood pour réclamer notre part. J'ai déjà exposé mon point de vue à mon frère la nuit dernière. Notre visite n'est sans doute pas souhaitée, mais elle est attendue. »

M. Thaddeus Sholto se tut, mais ne cessa pas pour autant de s'agiter sur son pouf de luxe. Nous restions tous silencieux pour mieux réfléchir aux nouveaux développements de cette mystérieuse affaire : Holmes fut le premier à se lever.

« Vous avez fort bien agi, monsieur, du commencement à la fin ! dit-il. Nous serons peut-être à même de vous prouver modestement notre reconnaissance en éclaircissant ce qui vous est encore obscur. Mais il est tard, comme l'a remarqué Mlle Morstan, et nous ferions bien de ne pas perdre de temps. »

Notre hôte enroula soigneusement le tuyau de son narghileh, puis sortit de derrière un rideau un long et lourd manteau pourvu d'un col et de parements d'astrakan. Il le boutonna soigneusement malgré la douceur oppressante de la nuit, et il ajusta sur sa tête une casquette en peau de lapin dont les pans se rabattaient sur les oreilles.

« Ma santé est quelque peu fragile, remarqua-t-il, tout en nous conduisant dans le couloir. Je suis donc obligé de prendre de grandes précautions. »

La voiture nous attendait. Notre voyage était apparemment prévu, car le conducteur partit aussitôt à vive allure. Thaddeus Sholto ne cessa pas de parler d'une voix de tête qui dominait le bruit des roues sur le pavé.

« Bartholomew est un homme plein d'idées, commença-t-il. Comment pensez-vous qu'il découvrit le trésor ? Il était arrivé à la conclusion qu'il se trouvait quelque part dans la maison. Il se mit donc à calculer les dimensions exactes de celle-ci, puis à les reporter et les vérifier ; de cette manière pas un seul centimètre de la construction ne pouvait échapper à ses investigations. Il s'aperçut, entre autres choses, que la hauteur du bâtiment était de 25 mètres, mais qu'en additionnant la hauteur des pièces superposées, il ne trouvait que 23,70 mètres, même en tenant largement compte de l'espace entre le plafond et le plancher. Il manquait donc 1,30 mètre ; ce mètre 30 ne pouvait être situé qu'au sommet du bâtiment. Mon frère fit alors un trou dans le plafond de la plus haute pièce et découvrit une petite mansarde ; étant complètement emmurée, elle était restée inconnue de tous. Le coffre au trésor était là, au milieu, reposant sur deux poutres.

Il le fit descendre par le trou et prit connaissance du contenu, dont il estime la valeur à cinq cent mille livres sterling, au moins. »

A l'énoncé de cette somme gigantesque, nous nous regardâmes les yeux écarquillés. Si nous parvenions à assurer ses droits, Mlle Morstan, gouvernante dans le besoin, deviendrait la plus riche héritière d'Angleterre ! Un ami loyal ne pouvait évidemment que se réjouir d'une telle nouvelle. Cependant, je dois avouer, pour ma honte, que mon égoïsme fut le plus fort et que mon cœur devint de plomb. Je balbutiai quelques mots de félicitations puis, affaissé sur mon siège, la tête baissée, je m'abîmai dans ma déception, sans écouter le bavardage de Thaddeus Sholto. C'était un hypocondriaque authentique. Je l'entendais vaguement qui dévidait un chapelet interminable de symptômes et qui implorait des renseignements sur la composition et l'action thérapeutique d'innombrables remèdes de charlatan ; il en avait dans la poche quelques spécimens soigneusement rangés dans un étui en cuir. J'espère qu'il ne se souvient d'aucune des réponses que je lui ai faites cette nuit-là ! Holmes assure qu'il m'a entendu le mettre en garde contre le danger de prendre plus de deux gouttes d'huile de ricin. J'aurais même, par contre, recommandé la strychnine en dose massive, comme sédatif. Quoi qu'il en eût été, je fus certainement soulagé quand la voiture s'arrêta après une dernière secousse. Le cocher sauta de son siège pour nous ouvrir la porte.

« Voici Pondichery Lodge, mademoiselle Morstan », dit Thaddeus Sholto en lui tendant la main pour descendre.

V

LA TRAGÉDIE DE PONDICHERY LODGE

Il était près de onze heures. Nous avions laissé derrière nous la brume humide de la grande ville, et la nuit était assez belle. Un vent tiède charriant des nuages lourds et lents soufflait de l'ouest à travers le ciel. Une demi-lune faisait des apparitions intermittentes. La clarté naturelle suffisait pour voir à quelque distance, mais Thaddeus Sholto s'empara d'une des lanternes de la voiture.

Pondichery Lodge possédait un vaste jardin ; un très haut mur de pierres hérissé de tessons de bouteilles l'isolait complètement. Une porte étroite renforcée de barres de fer constituait le seul moyen d'accès. Notre guide frappa suivant un certain code.

« Qui est là ? cria une voix peu avenante.

— C'est moi, McMurdo. Depuis le temps, vous connaissez certainement ma façon de frapper, voyons ! »

Il y eut en réponse un bruit inarticulé, puis le cliquetis d'un trousseau de clefs. La porte tourna lourdement sur ses gonds ; un petit homme à la carrure forte se montra dans l'embrasure, nous regardant d'un œil soupçonneux qui clignotait à la lumière de notre lanterne.

« C'est bien vous, monsieur Thaddeus ? Mais qui sont ces personnes ? Je n'ai pas d'ordre à leur sujet.

— Non ? Vous m'étonnez, McMurdo ! J'ai prévenu mon frère hier soir que je viendrais avec mes amis.

— Il n'est pas sorti de sa chambre aujourd'hui, monsieur Thaddeus, et je n'ai pas reçu d'instructions spéciales. Vous savez très bien que les ordres sont stricts. Je peux vous laisser entrer, mais vos amis resteront dehors. »

Devant cet obstacle inattendu, Thaddeus Sholto nous regarda d'un air perplexe.

« Vous faites preuve de mauvaise volonté ! dit-il

enfin au portier. Il devrait vous suffire que je réponde d'eux. Parmi nous il se trouve une jeune dame ; elle ne peut pas attendre sur la route à une heure pareille !

— Je regrette beaucoup, monsieur Thaddeus ! dit l'homme d'une voix inexorable. Ces personnes peuvent être vos amis sans être pour autant ceux du patron. Je suis payé, et bien payé, pour exécuter certains ordres : il n'y a pas à sortir de là. Je ne les connais pas vos amis, moi !

— Oh, si ! Vous en connaissez un, McMurdo ! s'écria Sherlock Holmes d'une voix avenante. Je ne pense pas que vous ayez pu m'oublier. Ne vous rappelez-vous pas le boxeur amateur qui combattit contre vous pendant trois rounds ? C'était il y a quatre ans, chez Alison, lors de la nuit organisée à votre bénéfice.

— Vous ne voulez pas dire M. Sherlock Holmes ? s'écria l'ancien boxeur. Mais si ! Au nom du Ciel, comment ne vous ai-je pas reconnu ? Au lieu de rester là tranquillement, vous auriez dû me donner ce satané crochet du menton. Pour sûr qu'alors je vous aurais reconnu tout de suite. Ah ! vous avez bien gaspillé vos dons, vous, alors ! Vous auriez pu aller loin si vous aviez voulu vous consacrer au noble art...

— Vous voyez, Watson, que si tout venait à me manquer, il me resterait encore une dernière profession scientifique, dit Holmes en riant. Je suis sûr que maintenant cet ami ne nous laissera pas exposés aux rigueurs de la nuit.

— Entrez, monsieur ! répondit-il. Entrez donc, vous et vos amis... Je suis désolé, monsieur Thaddeus, mais vous savez combien les ordres sont sévères ! Il fallait que je sois bien sûr de vos amis avant de les laisser entrer. »

A l'intérieur de l'enceinte, un chemin semé de gravier serpentait à travers un terrain vague jusqu'à une énorme maison à l'architecture banale, plongée dans une obscurité totale sauf en un coin où le clair de lune se reflétait dans une lucarne. Ce grand bâtiment sombre et silencieux dégageait une atmosphère oppressante. Même Thaddeus semblait mal à l'aise, et la lanterne au bout de son bras avait des soubresauts singuliers.

« Je ne comprends pas ce qui se passe, dit-il. Il doit y avoir un malentendu. J'avais pourtant dit clairement à Bartholomew que nous viendrions ce soir. Pourquoi n'y a-t-il pas de lumière à sa fenêtre ? Je me demande ce que cela veut dire.

— Fait-il toujours garder l'entrée avec autant de vigilance ? s'enquit Holmes.

— Oui, il a conservé les habitudes de mon père. C'était le fils préféré, vous savez, et je me demande parfois s'il ne lui en a pas dit plus long qu'à moi. La fenêtre de Bartholomew est éclairée par la lune à présent ; je ne crois pas qu'il y ait de la lumière à l'intérieur.

— Non, dit Holmes. Mais j'aperçois une faible clarté à la petite fenêtre du côté de la porte.

— Ah ! c'est la chambre de la femme de charge. La vieille Mme Berstone va pouvoir nous dire ce que tout cela signifie.

« Cependant, vous ne verrez peut-être pas d'objection à m'attendre ici une minute ou deux ? Si elle n'est pas avertie de notre venue et qu'elle nous voie arriver tous, elle prendra peut-être peur. Mais chut ! Qu'est-ce que cela ? »

Il éleva la lanterne ; sa main tremblait tellement que le cercle de lumière dansait tout autour de nous. Mlle Morstan saisit mon poignet ; nous restâmes tous immobiles, le cœur battant, tendant l'oreille. De la grande maison noire jaillit la plus pitoyable, la plus triste des voix ; elle résonnait lamentablement dans la nuit silencieuse ; c'était le sanglot d'une femme épouvantée.

« Mme Berstone ! expliqua Sholto. Elle est la seule femme dans la maison. Attendez ici. Je reviens. »

Il se hâta vers la porte et frappa suivant son code.

Nous pûmes voir une grande femme âgée ouvrir et s'ébrouer d'aise en le voyant.

« Oh ! monsieur Thaddeus ! Je suis si heureuse de vous voir ! Oui, je suis vraiment bien contente que vous soyez ici, monsieur. »

La porte se referma sur eux ; les manifestations de soulagement firent place à un monologue assourdi.

Notre guide nous avait laissé la lanterne. Holmes la balança lentement au bout de son bras, scrutant attentivement la maison et les tas de gravats disséminés sur le terrain. Mlle Morstan et moi restions immobiles l'un près de l'autre la main dans la main. L'amour est décidément d'une subtilité merveilleuse ! Ainsi nous, qui ne nous étions jamais vus avant ce jour, nous qui n'avions jamais échangé de regard ou de paroles d'affection, nous obéissions à la même impulsion : nos mains se cherchaient. Je m'en suis émerveillé depuis lors, mais ce soir-là, il me paraissait tout naturel de me rapprocher d'elle ; et de son côté, elle m'a confié plus tard qu'elle avait trouvé normal de se tourner vers moi pour obtenir protection et réconfort. Nous étions donc comme deux enfants ; nous nous tenions par la main, et malgré les ténèbres mystérieuses qui nous entouraient de toutes parts, nous connaissions la paix.

« Quel lieu étrange ! soupira-t-elle.

— On dirait que toutes les taupes de l'Angleterre ont été rassemblées ici, dis-je. J'ai vu quelque chose de similaire sur le flanc d'une colline, près de Ballarat, après une époque de prospection fébrile.

— Et pour les mêmes raisons, intervint Holmes. Ce sont les traces de la fouille au trésor. Il ne faut pas oublier qu'ils l'ont cherché pendant six ans ; rien d'étonnant à ce que l'endroit ressemble à un carreau de mine. »

A ce moment, la porte d'entrée s'ouvrit violemment, et Thaddeus Sholto courut vers nous, les bras levés, les yeux emplis de terreur.

« Il doit être arrivé quelque chose à Bartholomew ! cria-t-il. J'ai peur ! Mes nerfs n'y résisteront pas. »

Il hoquetait de peur, en effet. Encadré par le grand col d'astrakan, son visage aux traits mous avait l'expression suppliante et désespérée d'un enfant terrifié.

« Entrons dans la maison, dit Holmes avec calme et fermeté.

— Oui, s'il vous plaît, dit Thaddeus Sholto. Je ne sais plus ce qu'il faut faire. »

Nous le suivîmes tous dans la chambre de la femme de charge, située sur la gauche dans le couloir. La vieille femme arpentait la pièce en se rongeant les ongles. La vue de Mlle Morstan parut cependant l'apaiser.

« Dieu bénisse votre doux visage ! s'écria-t-elle d'une voix hystérique. Cela fait du bien de vous voir. J'ai connu tant de tourments aujourd'hui ! »

La jeune femme prit sa main émaciée et usée par l'ouvrage en murmurant quelques mots de réconfort. Sa bienveillance affectueuse ramena quelque couleur sur les joues exsangues de la femme de charge.

« Monsieur s'est enfermé et ne veut pas me répondre, expliqua-t-elle. J'ai attendu toute la journée qu'il m'appelle. Je sais qu'il aime rester seul, mais j'ai fini par me demander s'il n'y avait pas quelque chose. Alors je suis montée, il y a environ une heure, et j'ai regardé par le trou de la serrure. Il faut que vous y alliez, monsieur Thaddeus. Il faut que vous y alliez, et que vous voyiez vous-même. Depuis dix ans j'ai connu M. Bartholomew Sholto dans la peine et dans la joie, mais jamais je ne l'ai vu avec un tel visage. »

Sherlock Holmes prit la lampe et s'aventura le premier, car Thaddeus Sholto, claquant des dents, semblait pétrifié. Je dus l'aider à monter l'escalier : ses jambes se dérobaient sous lui. Par deux fois durant notre ascension, Holmes sortit sa loupe pour examiner attentivement quelques marques là où je ne voyais que de simples traces de boue sur les fibres de cocotier qui servaient de tapis dans l'escalier. Il gravissait lentement chaque marche, plaçant la lampe contre ceci ou contre cela, et explorant autour de lui avec un regard fureteur. Mlle Morstan était restée derrière nous auprès de la femme de charge.

Le troisième étage aboutissait à un assez long couloir ; sur le mur de droite se trouvait une grande tapisserie des Indes ; trois portes s'alignaient sur la gauche. Nous suivions immédiatement Holmes qui avançait de la même manière lente, méthodique. Nos ombres s'étiraient derrière nous. La troisième porte était celle qui nous intéressait. Holmes y frappa sans obtenir de réponse, puis, tournant la poignée, tenta de l'ouvrir de force. En approchant la lampe, nous vîmes qu'elle était solidement verrouillée de l'intérieur. La clef engagée dans la serrure et tournée dans le pêne laissait toutefois un espace partiellement libre. Sherlock Holmes s'accroupit, y plaqua un œil, mais se releva aussitôt, le souffle coupé.

« Il y a quelque chose de démoniaque là-dedans, dit-il d'une voix que je n'avais jamais entendue aussi émue. Que pensez-vous que cela signifie, Watson ? »

Je m'accroupis à mon tour devant la serrure, mais je reculai d'horreur. La lune éclairait la pièce d'un rayon pâle et froid ; alors je vis, me regardant droit dans les yeux, et se détachant sur les ténèbres, un visage qui paraissait flotter dans l'air ; c'était la reproduction de Thaddeus : même crâne haut et luisant, même couronne de cheveux roux, même teint blafard... Mais les traits s'étaient crispés cependant sur un horrible sourire ; ce rictus figé était plus effrayant sous cette clarté lunaire que n'importe quelle grimace. C'était tellement le portrait de notre petit ami que je me retournai pour m'assurer qu'il était bien avec nous. Alors, je me souvins de l'avoir entendu dire que son frère et lui étaient jumeaux.

« Ceci est terrible ! murmurai-je. Que faut-il faire, Holmes ?

— Il faut que la porte cède ! »

Il s'élança, pesant de tout son poids sur la serrure. La porte crissa, grinça, mais résista. Ensemble, cette fois, nous nous jetâmes à l'assaut. Avec un brusque craquement la porte s'ouvrit, et nous fûmes projetés dans la chambre de Bartholomew Sholto.

On aurait dit un laboratoire : une double rangée de flacons bouchés s'alignaient contre le mur en face de la porte ; la table était jonchée de becs Bunsen, d'éprouvettes et de cornues. Dans les angles il y avait des bonbonnes d'acide cerclées d'osier ; l'une d'elles devait être cassée ; de toute façon elle fuyait, car un liquide sombre s'en était écoulé qui avait imprégné l'air d'une odeur de goudron particulièrement forte. Dans un coin de la pièce, au milieu d'un tas de gravats, un escabeau montait vers une ouverture du plafond, assez large pour qu'un homme puisse y passer. Au bas de l'escabeau une longue corde gisait en tas.

Près de la table se tenait Bartholomew Sholto, tassé sur un fauteuil, la tête inclinée sur l'épaule gauche et souriant de ce même sourire indéchiffrable. Le corps était raide et froid. La mort remontait à plusieurs heures. Il me sembla que les contorsions singulières du visage se retrouvaient sur les membres pour conférer au cadavre une apparence fantastique. Sur la table, à portée de sa main, je vis un instrument bizarre : une sorte de manche en bois brun, auquel était grossièrement ficelée une masse de pierre. Mais à côté, il y avait une feuille de papier déchirée sur laquelle quelques mots étaient griffonnés. Holmes y jeta un coup d'œil, puis me la tendit.

« Vous voyez ! » dit-il en levant les sourcils d'un air significatif.

J'approchai la lanterne et je tressaillis d'horreur en lisant : « Le Signe des Quatre. »

« Au nom du Ciel ! Qu'est-ce que tout cela signifie donc ? demandai-je.

— Un assassinat, répondit-il en se penchant sur l'homme mort... Ah ! je m'y attendais ! Regardez ici... »

Son doigt désignait une sorte de longue épine noire fichée dans la peau, juste au-dessus de l'oreille.

« Cela ressemble à une épine, dis-je.

— C'en est une. Vous pouvez la retirer. Mais faites attention ; elle est empoisonnée ! »

Je la saisis entre le pouce et l'index. Elle se détacha très facilement, en ne laissant presque pas de trace. Seule, une petite gouttelette de sang indiquait l'endroit de la piqûre.

« Ce mystère me paraît insoluble ! dis-je. Au lieu de s'éclaircir, il s'embrouille de plus en plus.

— Au contraire ! répondit Holmes. L'affaire se simplifie à mesure. Il ne manque que quelques détails pour la compléter. »

Depuis que nous avions forcé la porte, nous avions presque oublié Thaddeus. Il se tenait sur le seuil, il tordait ses mains, il gémissait : c'était une vivante image de la terreur. Mais soudain, un cri de rage lui échappa :

« Le trésor n'est plus là ! dit-il. Ils ont volé le trésor ! Voilà l'ouverture par laquelle nous l'avons descendu. Je le sais ; je l'ai aidé. Je suis la dernière personne qui l'ait vu ! Il était dans sa chambre et je l'ai entendu verrouiller la porte derrière moi.

— Quelle heure était-il, alors ?

— Il était dix heures. Et maintenant, il est mort. Et la police va venir. Et je serai soupçonné, suspecté, accusé... Oh ! oui, j'en suis sûr ! Mais vous, messieurs, vous ne pensez pas que j'aurais pu... ? Vous ne pensez pas que c'est moi, n'est-ce pas ? Je ne vous aurais pas amenés ici, voyons ! Oh ! Ciel. Oh ! Ciel. J'en deviendrai fou, je le sais. »

Il agitait les bras, il trépignait ; une sorte de panique frénétique le possédait tout entier.

« Vous n'avez aucune raison d'avoir peur, monsieur Sholto ! dit Holmes gentiment, en posant sa main sur son épaule. Suivez mes conseils. Faites-vous conduire au poste de police. Racontez le meurtre et proposez votre aide. Nous attendrons ici votre retour. »

Le petit homme acquiesça d'un air à moitié hébété, et nous l'entendîmes descendre l'escalier d'un pas trébuchant.

VI

SHERLOCK HOLMES FAIT
UNE DÉMONSTRATION

« Maintenant, Watson, nous voici avec une demi-heure devant nous, dit Holmes en se frottant les mains. Il s'agit d'en profiter. Mon dossier est, comme je vous l'ai dit, presque complet. Mais ne péchons pas par excès de confiance ! Aussi simple que semble l'affaire à présent, elle peut avoir des ramifications souterraines.

— Simple ? m'écriai-je.

— Certainement ! dit-il avec l'air d'un professeur d'hôpital s'expliquant devant ses internes. Asseyez-vous dans ce coin-là pour que l'empreinte de vos pas ne complique pas les choses. Bien. Au travail, maintenant ! Tout d'abord, comment ces gens sont-ils venus ? La porte n'a pas été ouverte depuis la nuit dernière. Et la fenêtre ? »

Il l'éclaira avec la lanterne tout en faisant des observations qui, bien qu'articulées à haute voix, s'adressaient plutôt à lui-même qu'à moi.

« La fenêtre est fermée de l'intérieur. Le châssis est solide. Pas de gonds sur le côté. Ouvrons... Aucune gouttière dans le voisinage. Le toit est tout à fait inaccessible d'ici... Et pourtant, un homme est monté par la fenêtre ; car il est tombé un peu de pluie la nuit dernière, et voici l'empreinte d'un pied boueux sur le rebord. Là, se trouve une marque terreuse de forme circulaire ; la voici encore sur le plancher, et à nouveau près de la table. Regardez ici, Watson ! C'est vraiment une très jolie démonstration. »

Je me penchai sur l'empreinte bien nette d'une sorte de disque.

« Cela ne vient pas d'un pied, dis-je.

— C'est beaucoup plus précis et précieux que cela. C'est la marque d'un pilon de bois. Regardez sur le

rebord ; voilà une lourde botte au talon large et
ferré ; à côté, se trouve la marque de l'autre pied,
mais circulaire cette fois.

— C'est l'homme à la jambe de bois.

— Exact. Mais il y eut quelqu'un d'autre ; un allié
très capable et très efficace. Voyons, pourriez-vous
escalader cette façade, docteur ? »

Je regardai par la fenêtre ouverte. La lune éclairait
encore cette face de la maison. Le sol était à plus de
vingt mètres. Et même en écarquillant les yeux, je ne
pus distinguer le moindre point d'appui ni la moindre faille dans le mur de briques. Je secouai la tête en
déclarant :

« C'est impossible !

— Impossible tout seul, oui. Mais si vous aviez un
ami à cette fenêtre, et si cet ami vous faisait descendre cette corde solide que je vois dans le coin, après
l'avoir attachée à ce grand crochet dans le mur ? Je
crois alors que, si vous étiez tant soit peu en forme,
vous parviendriez à vous hisser jusqu'ici, jambe de
bois comprise. Et vous repartiriez, bien entendu, de
la même manière. Après quoi votre allié remonterait
la corde, la détacherait du crochet, fermerait la fenêtre, la verrouillerait de l'intérieur, et enfin s'en irait
par où il est venu... J'ajouterai un détail secondaire,
poursuivit-il en tripotant la corde. Notre ami à la
jambe de bois, bien que bon grimpeur, n'est pourtant
pas un matelot. Il n'a pas les mains calleuses. Ma
loupe montre plus d'une trace de sang, surtout vers
la fin. J'en déduis qu'il s'est laissé glisser à une vitesse
telle que ses mains en furent écorchées.

— Tout cela est très bien, dis-je. Mais cette histoire est plus incompréhensible que jamais. Quel est
donc cet allié mystérieux ? Comment a-t-il pu pénétrer dans cette pièce ?

— Ah ! oui, l'allié ? répéta Holmes, d'un air son-
geur. Il apporte des éléments intéressants cet allié.
Grâce à lui, l'affaire sort de l'ordinaire. Je crois bien
que cet allié introduit du neuf dans les annales cri-
minelles de ce pays. Des cas similaires se présentent

cependant à l'esprit, notamment en Inde et, si ma mémoire est bonne, en Senegambie.

— Mais comment est-il venu ? insistai-je. La porte était verrouillée, la fenêtre est inaccessible. Serait-ce par la cheminée ?

— La grille est trop petite, répondit-il. J'y avais déjà pensé...

— Alors, quoi ? par où ?

— Vous ne voulez donc pas appliquer mes principes ?... Combien de fois vous ai-je dit que, une fois éliminées toutes les impossibilités, l'hypothèse restante, AUSSI IMPROBABLE QU'ELLE SOIT, doit être la bonne ! Nous savons qu'il n'est venu ni par la porte, ni par la fenêtre, ni par la cheminée. Nous savons aussi qu'il n'était pas dissimulé dans la pièce, puisque celle-ci n'offre aucune cachette. D'où, alors, peut-il être venu ?

— Par un trou dans le toit ? m'écriai-je.

— Bien sûr ! Il faut que ce soit par là. Si vous aviez l'amabilité de me tenir cette lampe, nous pousserions nos recherches jusqu'à ce grenier secret où le trésor a été découvert. »

Il gravit l'escabeau et, après avoir pris appui de ses mains sur deux poutres, il se hissa dans le grenier. Là, s'aplatissant sur le ventre, il me débarrassa de la lampe pour que je puisse le suivre.

La pièce avait à peu près 3,50 mètres de long sur 2 mètres de large. Le plancher était formé par des poutres, et il fallait sauter de l'une à l'autre, car il n'y avait entre elles que des lattes minces. Le toit remontant en angle était évidemment la partie intérieure du vrai toit de la maison. La pièce était absolument vide. La poussière des ans reposait en couche épaisse sur le sol.

« Et nous y voilà ! dit Sherlock Holmes, en mettant sa main sur le mur en pente. C'est une tabatière qui donne sur le toit. Je puis la pousser ; le toit apparaît descendant en pente douce. Voici donc le chemin par lequel le Numéro Un est entré. Voyons si nous pouvons trouver d'autres marques qui l'identifieraient. »

Il approcha la lampe du plancher et, pour la seconde fois cette nuit-là, je vis son visage prendre une expression de surprise choquée. Suivant son regard, je sentis ma peau se hérisser sous mes vêtements. Car le plancher était couvert d'empreintes de pieds nus ; elles étaient claires, parfaitement délimitées, mais leur taille ne dépassait pas la moitié de l'empreinte d'un pied normal.

« Holmes ! murmurai-je. Un enfant aurait donc fait cette chose horrible ? »

Il avait tout de suite retrouvé sa maîtrise de soi.

« J'ai été surpris sur le moment ! dit-il. Pourtant il n'y a rien là que de très naturel. Ma mémoire a eu une défaillance, car j'aurais pu le prévoir. Nous n'avons plus rien à découvrir ici. Redescendons.

— Quelle est donc votre théorie concernant ces empreintes ? interrogeai-je lorsque nous fûmes revenus dans la pièce du bas.

— Mon cher Watson, analysez donc un peu vous-même ! dit-il avec un soupçon d'impatience dans la voix. Vous connaissez mes méthodes. Mettez-les en application. Il sera intéressant de comparer nos résultats.

— Je ne puis concevoir quoi que ce soit qui s'accorde avec les faits, répondis-je.

— Tout vous paraîtra bientôt très clair, jeta-t-il avec désinvolture. Je pense qu'il n'y a plus rien d'important ici, mais je vais m'en assurer. »

Il nettoya sa loupe, sortit son mètre, et se mit à parcourir la pièce à quatre pattes ; il mesurait, comparait, examinait, son long nez fin frôlant le parquet ; ses yeux enfoncés dans les orbites brillaient d'un éclat nacré. Ses mouvements étaient rapides, silencieux et furtifs ; ceux d'un limier cherchant une piste. Et je ne pus m'empêcher de penser qu'il eût fait un bien dangereux criminel s'il avait tourné sa sagacité et son énergie contre la loi, au lieu de les exercer pour sa défense. Il n'arrêtait pas de murmurer inintelligiblement en travaillant. Finalement, il explosa en un grand cri d'allégresse.

« Nous avons le hasard avec nous ! s'écria-t-il. Nous ne devrions plus avoir d'ennuis, maintenant. Notre Numéro Un a eu la malchance de marcher dans la créosote. On peut apercevoir le contour de son petit pied ici, à côté de ce puant gâchis. La bonbonne est cassée, comprenez-vous ? Et son contenu s'est répandu.

— Et alors ? demandai-je.

— Et bien, nous le tenons, c'est tout ! Je connais un chien qui suivrait une odeur aussi tenace au bout du monde. Nous le tenons : c'est aussi mathématique qu'une règle de trois... Mais, qu'est-ce que j'entends ? Les représentants accrédités de la loi, assurément ! »

D'en bas montaient des voix bruyantes ; des pas lourds résonnèrent ; la porte d'entrée se referma avec fracas.

« Avant qu'ils arrivent, posez votre main, sur le bras de ce pauvre garçon, dit Holmes. Maintenant là, sur sa jambe. Que sentez-vous ?

— Les muscles sont aussi durs que du bois, répondis-je.

— Tout à fait. Ils sont dans un état d'extrême contraction qui dépasse de beaucoup l'ordinaire *Ricor Mortis*. Ajoutez à cela, la distorsion du visage, ce sourire d'Hippocrate, ou *Risus Sardonicus*, comme l'appelaient les anciens. Quelle conclusion, docteur ?

— Mort provoquée par un alcaloïde végétal très puissant, répondis-je sans hésiter. Une substance comme la strychnine qui provoquerait le tétanos.

— C'est aussi l'idée qui m'est venue, aussitôt que j'ai vu l'hypertension des muscles faciaux. En entrant dans la chambre, j'ai cherché tout de suite le moyen par lequel le poison avait pénétré dans le corps. J'ai découvert une épine qui avait été ou piquée, ou projetée, dans le cuir chevelu, mais en tout cas, sans grande force ! Vous observerez que, si l'homme était assis droit dans son fauteuil, la partie atteinte faisait face au trou dans le plafond. Maintenant, examinez cette épine. »

Je m'en emparai avec précaution, et la regardai à la lumière de la lanterne. Elle était longue, noire, pointue ; son extrémité paraissait vernissée, comme si une substance gommeuse y avait séché ; la pointe émoussée avait été taillée et arrondie au couteau.

« Est-ce une épine qu'on trouve en Angleterre ? demanda-t-il.

— Non, certainement pas !

— Eh bien, avec toutes ces données, vous devriez pouvoir faire quelques inférences correctes. Mais voici les officiels. Les forces auxiliaires peuvent donc sonner la retraite. »

Comme il parlait, les pas se firent entendre bruyamment dans le couloir, et un homme trapu, sanguin, corpulent, vêtu d'un costume gris, pénétra lourdement dans la pièce. Il avait le visage gras ; des paupières bouffies, les yeux très petits et clignotants filtraient un regard perçant. Immédiatement derrière lui, apparurent un inspecteur en uniforme et Thaddeus Sholto qui paraissait toujours aussi ému.

« Bon Dieu, en voilà une affaire ! s'écria le gros homme d'une voix rauque et voilée. Une belle histoire, oui ! Mais qui sont ces gens ? Ma parole, cette maison est aussi encombrée qu'un terrier.

— Je crois que vous pouvez me reconnaître, monsieur Athelney Jones, dit Holmes tranquillement.

— Ah ! mais oui. Bien sûr ! fit-il d'une voix essoufflée. Monsieur Sherlock Holmes, le théoricien. Vous reconnaître ? Je n'oublierai jamais la petite conférence que vous nous avez faite à tous sur les causes, inférences, effets, dans l'affaire du joyau de Bishopgate. C'est vrai que vous nous avez mis sur la bonne piste ; mais vous admettrez bien, maintenant, que c'était plus par hasard que par l'effet d'une découverte véritable.

— Il suffisait d'un raisonnement très simple.

— Oh ! allons, allons. Il ne faut jamais avoir honte

d'admettre la vérité. Mais ceci ? Sale affaire ! Sale affaire, hein ! Des faits précis, n'est-ce pas ? pas de place pour les théories. Quelle chance j'ai eue de me trouver à Norwood pour une autre affaire ! J'étais au commissariat quand la nouvelle est arrivée. D'après vous, de quoi l'homme est-il mort ?

— Oh ! c'est une affaire qui ne laisse aucune place pour les théories, dit Holmes sèchement.

— Non, non. Mais enfin, on ne peut nier que vous touchez juste, quelquefois. Mon Dieu ! la porte était verrouillée, m'a-t-on dit. Un demi-million de joyaux disparus. Comment était la fenêtre ?

— Fermée de l'intérieur ; mais il y a des traces de pas sur le rebord.

— Bien, bien. Mais si elle était fermée, les pas n'ont rien à voir dans l'histoire. C'est une question de bon sens. L'homme est peut-être mort d'une attaque ; seulement les joyaux manquent. Ah ! J'ai une idée. J'ai parfois de ces éclairs. Laissez-moi, inspecteur ; vous aussi, monsieur Sholto. Votre ami peut rester, Holmes. Dites-moi ce que vous pensez de ceci : Sholto a avoué, de lui-même, qu'il était hier soir avec son frère. Ce dernier meurt d'une attaque, et Sholto part avec le trésor. Qu'en dites-vous ?

— Après quoi, le mort, craignant sans doute de s'enrhumer, s'est levé pour verrouiller la porte.

— Hum ! Il y a une faille. Voyons, usons un peu de bon sens. Ce Thaddeus Sholto *était* avec son frère ; et il y *eut* une querelle. Cela, nous le savons. Le frère est mort, et les joyaux sont disparus. Nous savons aussi cela. Nul n'a vu le frère depuis le départ de Thaddeus. Le lit n'est pas défait ; la victime ne s'est donc pas couchée. D'autre part, Thaddeus est, de toute évidence, dans un état d'esprit agité. Il est... voyons, disons : peu sympathique. Vous voyez que je suis en train de tisser ma toile. Le filet se resserre autour de lui.

— Vous n'êtes pas encore tout à fait en possession des faits, dit Holmes. Cet éclat de bois, que j'ai toutes les raisons de croire empoisonné, était fiché dans le cuir chevelu ; la marque s'y trouve encore. Cette carte, et l'inscription que vous pouvez y voir, étaient sur la table à côté de ce curieux instrument formé d'un manche et d'une masse en pierre. Comment tout ceci s'applique-t-il à votre théorie ?

— Chaque détail s'en trouve confirmé au contraire ! répliqua le gros détective pompeusement. La maison est pleine de curiosités des Indes. Thaddeus a pu apporter cet instrument. Il a pu, également, aussi bien que n'importe qui, utiliser à des fins meurtrières cet éclat de bois, si celui-ci s'avère empoisonné. La carte est un truc, une fausse piste, probablement. La seule question est : comment est-il parti ? Ah ! évidemment ! Il y a un trou dans le plafond. »

Il bondit sur l'escabeau, avec une vitesse surprenante pour un homme aussi corpulent et il se fraya un chemin à travers l'ouverture. Puis, nous l'entendîmes annoncer triomphalement qu'il avait trouvé la tabatière.

« Il peut découvrir quelque chose, remarqua Holmes, en haussant les épaules. Il a parfois des lueurs d'intelligence. *Il n'y a pas de sots si incommodes que ceux qui ont de l'esprit !*

— Vous voyez ! dit Jones en redescendant les marches de l'escabeau. Les faits valent mieux que les théories après tout. Mon opinion sur l'affaire se confirme. Il y a une tabatière qui est même entrouverte.

— C'est moi qui l'ai ouverte.

— Tiens ! Vous l'aviez donc remarquée ? dit-il en baissant sa voix d'un ton. Quoi qu'il en soit, cela nous montre comment notre monsieur est sorti de la pièce. Inspecteur !

— Oui, monsieur, dit une voix dans le couloir.

— Demandez à M. Sholto de venir. Monsieur Sholto, mon devoir me commande de vous informer que tout ce que vous direz pourra se retourner contre vous. Au nom de la reine, je vous arrête, comme étant impliqué dans le meurtre de votre frère.

— Eh bien voilà ! Est-ce que je ne vous l'avais pas dit ? s'écria à notre adresse le pauvre homme en levant les bras.

— Ne vous inquiétez pas, monsieur Sholto ! dit Holmes. Je vous promets d'apporter la preuve de votre innocence.

— Ne faites pas trop de promesses, monsieur le théoricien ! coupa le détective officiel d'un ton cassant. Ne promettez pas trop ! Vous pourriez éprouver plus de difficultés que vous ne le pensez à tenir vos engagements.

— Non seulement je le laverai de tout soupçon, monsieur Jones, mais je vais, dès à présent, vous faire un cadeau : le nom et la description de l'une des deux personnes qui pénétrèrent ici la nuit dernière. J'ai toutes raisons de croire qu'il s'appelle Jonathan Small. C'est un homme peu instruit, petit, agile, et qui a perdu sa jambe droite ; il porte un pilon de bois dont le côté intérieur est usé. Sa botte gauche possède une semelle épaisse et carrée avec un fer au talon. C'est un ancien condamné, d'âge moyen, à la peau très brunie. Ces quelques indications vous aideront peut-être. J'ajouterai encore que la paume de ses mains est ensanglantée. Quant à l'autre homme...

— Ah ! l'autre homme ? » demanda Jones en ricanant.

Il était néanmoins visible que les manières précises de Holmes l'avaient impressionné.

« C'est un être plutôt curieux ! dit mon ami, en tournant les talons. J'espère pouvoir vous les présenter tous deux d'ici très peu de temps. J'ai un mot à vous dire, Watson. »

Il me conduisit vers l'escalier pour me chuchoter :

« Cet événement imprévu nous a plutôt fait perdre de vue la raison première de notre voyage.

— J'étais en train d'y penser, répondis-je. Il n'est

pas bon que Mlle Morstan reste dans cette maison de malheur.

— Non. Vous allez la raccompagner. Elle vit chez Mme Cecil Forrester, dans le Lower Camberwell ; ce n'est donc pas très loin. Je vous attendrai ici si vous voulez revenir. Mais peut-être serez-vous trop fatigué ?

— Absolument pas. Je serais incapable de me reposer avant d'en savoir davantage sur cette affaire fantastique. Je connais déjà la vie sous un certain nombre de ses aspects, et non des plus tendres ! Mais je vous jure que cette succession rapide de coups de théâtre m'a brisé les nerfs ! Tout de même, j'aimerais bien aller avec vous jusqu'au bout, puisque je suis déjà si loin...

— Votre présence m'aidera beaucoup ! répondit-il. Nous allons laisser ce Jones se satisfaire de toutes les vessies qu'il voudra prendre pour des lanternes, et travailler seuls. J'aimerais que vous alliez au n° 3, Pinchin Lane, à Lambeth, près du bord de l'eau, lorsque vous aurez reconduit Mlle Morstan. La troisième maison sur la droite est celle d'un empailleur d'oiseaux. Il s'appelle Sherman. Vous verrez à la fenêtre une belette tenant un lapin. Donnez mon meilleur souvenir à ce vieux Sherman et dites-lui que j'ai besoin de Toby tout de suite. Vous le ramènerez avec vous dans la voiture.

— Un chien, j'imagine ?

— Oui, un curieux bâtard doué d'un odorat étonnant. Je préférerais l'aide de Toby à celle de tout Scotland Yard.

— Bon. Je vous ramènerai Toby... Il est une heure du matin. Je devrais être de retour avant trois heures si je peux changer de cheval.

— Et moi, dit Holmes, je vais voir ce qu'il y a à tirer de Mme Berstone et du serviteur hindou. Ce dernier dort dans la mansarde à côté, m'a dit M. Thaddeus. Puis, j'étudierai les méthodes de Jones, le grand détective, en écoutant ses sarcasmes peu subtils. *Wir sind gewohnt dass die Menschen*

verhöhnen was sie nicht verstehen [1]. Goethe est décidément toujours plein de sève. »

VII

L'ÉPISODE DU TONNEAU

La police avait amené une voiture ; je la pris pour
ramener Mlle Morstan chez elle.

Selon la manière angélique des femmes, elle avait
tout supporté aussi longtemps qu'il lui avait fallu
réconforter quelqu'un de plus faible qu'elle. Je l'avais
trouvée placide et souriante aux côtés de la femme
de charge qui n'était pas revenue de ses frayeurs.
Mais dans la voiture, elle défaillit et fondit en larmes,
tant les aventures de cette nuit l'avaient ébranlée.
Elle m'a dit depuis qu'elle m'avait trouvé froid et
distant pendant ce voyage... Quel combat, pourtant,
se livrait dans mon cœur ! Et quels efforts dus-je
faire pour me contenir ! Mon amour et mon amitié
s'élançaient vers elle, tout comme dans le jardin ma
main avait cherché la sienne. Des années d'une vie
conventionnelle ne m'auraient pas mieux révélé sa
nature douce et courageuse que ces quelques heures
étranges. Cependant, les mots affectueux ne passaient pas ma bouche ; deux pensées la scellaient.
D'abord, elle était faible, sans défense, avec l'esprit
désemparé : serait-il correct d'imposer à un tel
moment mon amour ? Par ailleurs, elle était riche !
Si les recherches de Holmes aboutissaient, elle
deviendrait une héritière enviée ; était-il juste,
était-il honorable, qu'un chirurgien en demi-solde
tirât un tel avantage d'une intimité dont le hasard

1. « On se moque toujours de ce que l'on ne comprend pas »
(N. D. T.).

était seul responsable ? Ne pourrait-elle me prendre alors pour un vulgaire aventurier ? Qu'une telle idée pût lui traverser l'esprit m'était intolérable. Entre nous se dressait le trésor d'Agra, obstacle insurmontable.

Il était près de deux heures quand nous arrivâmes chez Mme Forrester. Les domestiques avaient depuis longtemps quitté leur service, mais le message reçu par Mlle Morstan avait tant intrigué Mme Forrester qu'elle avait veillé. Elle nous ouvrit la porte elle-même. C'était une femme gracieuse, d'un certain âge ; elle accueillit la jeune fille d'une voix maternelle et passa tendrement son bras autour de sa taille. Je pris plaisir à constater qu'elle n'était pas une simple gouvernante salariée, mais une amie estimée. Je fus présenté, et aussitôt Mme Forrester me pria d'entrer et de lui raconter nos aventures. Mais je lui expliquai l'importance de ma mission et promis avec sincérité de venir les instruire des progrès que nous pourrions faire. Tandis que la voiture s'éloignait, je me retournai vers elles. Il me semble encore voir leur petit groupe sous le porche, les deux gracieuses silhouettes enlacées, la porte entrouverte, la lumière de l'entrée brillant à travers la vitre de couleurs, le baromètre et la rampe d'escalier luisante. Cette image, même fugitive, d'un tranquille intérieur anglais était un entracte reposant dans cette sombre affaire.

Plus j'y réfléchissais d'ailleurs, plus elle me paraissait compliquée. Je repassai en revue les événements dans leur ordre chronologique. Pour ce qui était du problème original, il était maintenant assez clair. La mort du capitaine Morstan, l'envoi des perles, l'annonce dans le journal, la lettre, autant de détails débrouillés. Mais nous n'en avions pas moins été conduits vers un mystère encore plus profond et beaucoup plus tragique. Ce trésor des Indes, la curieuse carte trouvée dans les bagages du capitaine, l'apparition au moment de la mort du major Sholto, la redécouverte du trésor, et celle-ci immédiatement suivie du meurtre de son auteur, les circonstances fort singulières entourant le crime, les marques de pas, l'arme inusitée, les mots sur la feuille de papier qui correspondaient avec la carte du capitaine, il y avait de quoi donner sa langue au chat pour tout homme moins doué que Sherlock Holmes.

Pinchin Lane était un alignement de douteuses maisons de brique à deux étages, dans le bas quartier de Lambeth. Il me fallut frapper assez longtemps au n° 3 pour obtenir un résultat. La lueur d'une bougie filtra enfin derrière le volet et un visage regarda par la fenêtre supérieure.

« Allons, du vent, poivrot ! gronda une voix. Si tu n'arrêtes pas ton tapage, je lâche mes quarante-trois chiens à tes trousses !

— C'est exactement ce que je suis venu chercher. Si vous vouliez en laisser sortir un...

— Va te faire voir ailleurs ! répondit la voix. J'ai là un bon morceau de fonte. Du diable si je ne te l'envoie pas sur la tête.

— Mais il me faut un chien ! criai-je.

— Pas de discussion ! hurla M. Sherman. Du balai, maintenant ! Je compte jusqu'à trois et je balance ma fonte...

— M. Sherlock Holmes... » commençai-je.

Le nom eut un effet magique. La fenêtre se referma instantanément, la porte fut déverrouillée et ouverte dans la minute qui suivit. Monsieur Sherman était un long vieillard efflanqué aux épaules tombantes, au cou noueux ; il portait des lunettes teintées de bleu.

« Les amis de M. Sherlock Holmes sont toujours les bienvenus ! prononça-t-il. Entrez donc, monsieur ! Ne vous approchez pas du blaireau : il mord. Ah ! méchante, méchante ! Tu voudrais attraper le monsieur, hein ? »

Cette dernière phrase s'adressait à une hermine

passant sa tête avide et ses yeux rouges à travers les barreaux de sa cage.

« Ne vous occupez pas de celui-là ! continua-t-il. C'est seulement un lézard. Il n'a pas de crocs ; je le laisse en liberté, car il chasse les scarabées. Il ne faut pas m'en vouloir si je ne vous ai pas trop bien reçu tout à l'heure : je suis un peu la tête de turc des gamins, et ils viennent souvent m'embêter. Que désire M. Sherlock Holmes ?

— Un de vos chiens.

— Toby, je parie ?

— Oui, c'est bien Toby.

— Il habite au n° 7, ici à gauche. »

Elevant sa bougie, il avança lentement parmi la curieuse faune animale qu'il avait rassemblée autour de lui. A la lueur incertaine et dansante de la flamme, je vis, sortant de chaque fente ou recoin, des yeux vifs qui nous regardaient. Même les poutres au-dessus de nos têtes étaient parées de volailles d'allure solennelle qui, dérangées dans leur sommeil, changeaient paresseusement de position d'une patte sur l'autre.

Toby était vraiment laid ! Il avait les oreilles pendantes, le poil long, et il marchait avec un dandinement très disgracieux ; moitié épagneul, moitié berger, il avait le poil blanc et roux. Il accepta, avec quelque hésitation, le morceau de sucre que le vieux naturaliste m'avait remis ; puis, ayant ainsi conclu un pacte, il me suivit jusqu'à la voiture et ne fit pas de difficulté pour m'accompagner. L'horloge du Palais sonnait trois heures lorsque je me retrouvai à nouveau à Pondichery Lodge. J'appris que l'ancien champion de boxe McMurdo avait été arrêté pour complicité, et que M. Sholto et lui avaient été conduits au commissariat. Deux agents gardaient l'étroite entrée, mais ils me laissèrent passer avec le chien lorsque je mentionnai le nom du détective.

Holmes se tenait devant le porche, fumant sa pipe, les mains dans ses poches.

« Ah ! vous l'avez amené ? dit-il. En voilà un bon

chien ! Athelney Jones est parti. Il y a eu un formidable déploiement d'activité depuis votre départ. Il a mis en arrestation non seulement notre ami Thaddeus, mais le portier, la femme de charge et le serviteur hindou. Nous avons le champ libre, à part l'agent là-haut. Laissez le chien ici et remontons. »

J'attachai Toby à la table dans l'entrée et le suivis. La pièce était telle que nous l'avions laissée, sauf qu'un drap avait été jeté sur la victime. Un brigadier de police à l'air fatigué s'était adossé dans un coin.

« Prêtez-moi votre lanterne, brigadier, dit mon compagnon. Maintenant, attachez-la avec ce bout de ficelle autour de mon cou, afin qu'elle pende devant moi. Merci. Il me reste à enlever chaussures et chaussettes. Vous les porterez en bas, Watson. Je m'en vais faire un peu d'escalade. Trempez donc mon mouchoir dans la créosote. C'est parfait. Maintenant, montez un instant avec moi dans le grenier. »

Nous nous hissâmes à travers l'ouverture. Holmes approcha à nouveau la lumière des empreintes de pas dans la poussière.

« Je voudrais que vous examiniez attentivement ces marques, dit-il. Voyez-vous quelque chose qui vaut la peine d'être remarqué ?

— Elles appartiennent à un enfant ou à une petite femme, dis-je.

— Mais en dehors de leur taille ? N'y a-t-il rien d'autre ?

— Elles ressemblent à n'importe quelle autre empreinte de pas.

— Absolument pas ! Regardez ici ! Voici l'empreinte d'un pied droit. A présent, j'imprime mon pied dans la poussière, à côté. Quelle est la différence essentielle ?

— Vos doigts sont tous resserrés. L'autre empreinte montre chacun des doigts de pied distinctement séparé des autres.

— Exactement. Voilà l'important. Souvenez-vous-en. Maintenant, ayez l'amabilité d'aller près de cette fenêtre et d'en sentir le rebord. Je reste ici, car ce mouchoir dans ma main pourrait brouiller la piste. »

Je fis ce qu'il me demandait, et je perçus immédiatement une forte odeur de goudron.

« C'est donc là où il a mis son pied en sortant. Si *vous* pouvez sentir sa trace, je pense que Toby n'aura pas de difficultés. Descendez, maintenant ; lâchez le chien et venez voir l'acrobate. »

Le temps d'arriver dans le jardin, Sherlock Holmes était parvenu sur le toit, et je pouvais le suivre, comme un énorme ver luisant, rampant très lentement le long de la crête. Je le perdis de vue derrière un groupe de cheminées, mais il réapparut bientôt, pour s'évanouir à nouveau de l'autre côté. Je fis le tour de la maison et le retrouvai assis tout au bord, à l'angle du toit.

« Est-ce vous, Watson ? cria-t-il.

— Oui.

— Voilà l'endroit. Quelle est cette masse noire, juste en bas ?

— Un tonneau d'eau.

— Avec un couvercle dessus ?

— Oui.

— Pas de trace d'une échelle ?

— Non.

— Quel diable d'homme ! C'est un chemin à se rompre vingt fois le cou. Mais je dois pouvoir descendre par où il est monté. La gouttière semble solide. En tout cas, allons-y ! »

Il y eut un frottement de pieds, et la lanterne commença de descendre régulièrement sur le côté du mur. Puis, d'un saut léger, il parvint sur la barrique, et de là atterrit.

« C'était une piste facile, dit-il en remettant ses bas et ses chaussures. Les tuiles étaient déplacées tout au long de sa course. Dans sa hâte, il a laissé tomber ceci, qui confirme mon diagnostic... comme vous dites, vous autres médecins. »

L'objet qu'il me présentait avait l'aspect d'un petit portefeuille ou cartouchière fait d'une sorte de jonc coloré, tressé, et décoré de quelques pierres de couleur. Par la taille et la forme, il rappelait un étui à cigarettes. A l'intérieur, il y avait une demi-douzaine d'épines en bois sombre dont l'une des extrémités était pointue, l'autre arrondie. Elles étaient identiques à celle qui avait frappé Bartholomew Sholto.

« Ce sont des armes infernales ! dit-il. Faites attention de ne pas vous piquer. Je suis très content de les avoir en ma possession, car c'est probablement toute sa réserve. Il y a moins à craindre que l'un de nous en reçoive une prochainement dans la peau. Pour ma part, je préférerais encore recevoir une balle explosive. Etes-vous d'attaque pour une randonnée de dix kilomètres, Watson ?

— Certainement, répondis-je.

— Votre jambe ira-t-elle jusqu'au bout ?

— Oh ! oui.

— Ah ! vous voilà, mon chien ? Brave vieux Toby ! Flaire, Toby ; renifle-le ! »

Il mit sous le nez du chien le mouchoir imbibé de créosote. Toby se tint immobile, les pattes écartées, la tête inclinée sur le côté d'une façon tout à fait comique, comme un connaisseur reniflant le « bouquet » d'un cru fameux. Puis Holmes jeta le mouchoir au loin, attacha une corde solide au collier de la bête, et l'amena à côté du tonneau. Le chien poussa immédiatement une série de glapissements aigus et, le nez au sol, la queue en l'air, prit la piste à une allure si endiablée que, même freiné par sa laisse, il nous obligea de marcher aussi vite que possible.

A l'est, le ciel s'était éclairci peu à peu, et la lumière froide et grise de l'aube nous permettait de voir à quelque distance. L'énorme maison carrée se dressait derrière nous, avec ses hautes fenêtres vides et ses grandes façades nues. Notre route conduisit tout droit à travers un terrain bouleversé de tranchées et de trous qu'il nous fallut franchir. Avec ses monticules de terre éparpillés, et ses arbustes malingres, toute cette propriété avait un aspect de mauvais augure qui s'accordait bien avec la tragédie qui s'était abattue sur elle.

Atteignant le mur d'enceinte, Toby se mit à le longer, gémissant impatiemment dans l'ombre ; il s'arrêta finalement dans un angle que masquait un jeune hêtre. A l'intersection des murs, plusieurs briques avaient été descellées ; les marches ainsi faites avaient dû être fréquemment utilisées à en juger par leur aspect usé et poli. Holmes grimpa sur le faîte puis, prenant le chien que je lui tendais, il le laissa retomber de l'autre côté.

« Voilà la main de l'homme à la jambe de bois, remarqua-t-il, tandis que je le rejoignais au faîte du mur. Voyez-vous les légères traces de sang sur ce plâtre blanc ? Quelle chance qu'il n'y ait pas eu de fortes averses depuis hier ! L'odeur aura persisté sur la route en dépit de leurs vingt-huit heures d'avance. »

J'avoue que, personnellement, j'avais des doutes. Sur cette route de Londres, la circulation avait dû être intense dans l'intervalle. Cependant, mon scepticisme fut vite balayé. Sans jamais hésiter ni faire d'écart, Toby trottait à sa manière dégingandée : l'odeur entêtante de la créosote devait dominer toutes les autres.

« N'allez pas imaginer, dit Holmes que mon succès dépend du pur hasard qui a voulu que l'un de ces individus posât le pied dans la créosote. J'en sais assez maintenant pour retrouver leurs traces de plusieurs façons. Celle-ci est la plus facile, et j'aurais tort de la négliger puisque la chance l'a mise entre nos mains. Toutefois, elle prive l'affaire d'un savant petit problème intellectuel qu'elle promettait tout à l'heure de me poser. J'avoue que sans cette indication vraiment trop évidente, il y aurait eu du mérite à percer l'énigme !

— Mais là où il y a du mérite, et à revendre, c'est dans la manière dont vous conduisez cette affaire ! dis-je. Je vous assure que je suis encore plus émerveillé que lors du meurtre de Jefferson Hope. Cette affaire me semble encore plus profonde et inexplicable. Comment, par exemple, avez-vous pu décrire avec une telle assurance l'homme à la jambe de bois ?

— Peuh, c'est la simplicité même, mon cher ami ! Je ne cherche pas à faire du théâtre, moi ! Tout est patent, tout est dans les faits. Deux officiers qui commandent un pénitencier apprennent un secret important à propos d'un trésor caché. Une carte est tracée à leur intention par un Anglais du nom de Jonathan Small. Souvenez-vous que nous avons vu ce nom sur le plan qui se trouvait dans les affaires du capitaine Morstan. Jonathan Small l'a signée en son nom et au nom de ses associés : « Le Signe des Quatre », telle était la désignation quelque peu dramatique qu'il avait choisie. A l'aide de ce plan, les officiers — ou peut-être l'un deux seulement — s'emparent du trésor et le ramènent en Angleterre, mais sans remplir, supposons-le, certaines obligations en échange desquelles le plan leur avait été remis. Et maintenant, pourquoi Jonathan Small ne s'est-il pas emparé lui-même du trésor ? La réponse est évidente. Le plan est daté d'une époque où Morstan se trouvait en contact avec des forçats. Jonathan Small n'a pas pris le trésor parce que ni lui ni ses associés, tous forçats, ne pouvaient se rendre à la cachette pour le récupérer.

— Mais c'est une simple hypothèse !

— C'est la seule qui jusqu'ici cadre avec les faits. C'est donc plus qu'une hypothèse. Voyons si elle continue de cadrer avec la suite. Pendant quelques années, le major Sholto vit dans la paix et le bonheur que lui apporte la possession du trésor. Puis il reçoit une lettre des Indes qui lui cause une grande frayeur. Que pouvait-elle contenir ? Elle disait que les hommes qu'il avait trahis avaient été relâchés ?

« Ou qu'ils s'étaient évadés ! Et cette éventualité est la plus probable, car il connaissait la durée de leur peine, et si celle-ci était arrivée à terme, il n'en aurait pas été surpris. Que fait-il au contraire ? Il cherche à se protéger. Il craint par-dessus tout un homme à la jambe de bois : un homme blanc, notez-le, puisqu'il va jusqu'à tirer par erreur sur un commis voyageur anglais !... Bien. Sur le plan, il n'y a qu'un nom ; les autres sont hindous ou mahométans. C'est pourquoi nous pouvons affirmer avec confiance que l'homme à la jambe de bois et Jonathan Small sont la même personne. Le raisonnement vous paraît-il avoir quelque défaut ?

— Non : il est clair et précis.

— Bon. Maintenant, mettons-nous à la place de Jonathan Small. Voyons les choses de son point de vue. Il vient en Angleterre avec deux buts : reprendre ce qu'il considère comme son bien, et se venger de l'homme qui l'a trahi. Il découvre où s'est établi Sholto et il est fort possible qu'il ait lié connaissance avec quelqu'un dans la maison. Il y a par exemple ce Lal Rao, le maître d'hôtel. Mme Berstone m'en a fait une description qui n'est guère élogieuse. Cependant, Small ne peut découvrir où le trésor est caché, car personne ne le sait : personne sauf le major et un fidèle serviteur mort depuis. Small apprend soudain que Sholto est sur son lit de mort. Pris de panique à l'idée que le secret du trésor pourrait être enseveli avec lui, il échappe à la surveillance des serviteurs et parvient jusqu'à la fenêtre derrière laquelle le major agonise ; seule la présence des deux fils l'empêche d'entrer. Sa haine contre le mort le rend fou ; il pénètre dans la chambre pendant la nuit et il fouille les papiers secrets dans l'espoir de découvrir quelque document ayant trait au trésor. Finalement, il laisse un souvenir de sa visite au moyen des mots inscrits sur la carte. Il avait sans doute prévu que, s'il lui advenait de tuer le major, il laisserait ce genre de marque pour indiquer qu'il ne s'agissait pas d'un meurtre banal, mais d'un acte de justice, du moins du point de vue des quatre associés. Des idées aussi étranges et baroques sont assez communes dans les annales du crime ; elles offrent généralement d'utiles indications quant à la personnalité du criminel. Me suivez-vous bien ?

— Très bien.

— Maintenant, que pouvait faire Jonathan Small ? Rien d'autre que d'observer discrètement les efforts entrepris pour trouver le trésor. Peut-être quitta-t-il l'Angleterre pour n'y revenir que de temps en temps. Mais survient la découverte du grenier ; il en est immédiatement informé. A nouveau, nous constatons la présence d'un allié dans la place. Jonathan est incapable, avec sa jambe de bois, d'atteindre la chambre si haut perchée de Bartholomew. Alors, il emmène un complice assez mystérieux qui escalade bien mais trempe son pied nu dans la créosote ! D'où Toby, et pour un officier en demi-solde avec un tendon d'Achille endommagé, une claudication sur dix kilomètres.

— Mais c'est le complice, et non Jonathan, qui a commis le crime !

— C'est exact. Et Jonathan en fut plutôt furieux, si j'en juge par la façon dont il arpenta la pièce quand il y fut parvenu. Il n'avait ni haine ni rancune contre Bartholomew Sholto ; il aurait préféré simplement le bâillonner et le ligoter. Il ne tenait pas du tout, cet homme, à se mettre la corde au cou ! Mais il n'avait pu empêcher les instincts sauvages de son complice de se donner libre cours ; le poison avait fait son œuvre. Jonathan laissa donc sa signature, fit descendre le trésor jusqu'au sol et prit le même chemin. Tel a été l'enchaînement des événements pour autant que j'aie pu les déchiffrer. Quant à son allure personnelle, il doit être évidemment d'un certain âge et fort bruni puisqu'il a purgé sa peine dans un four tel que les Andaman. Sa taille, je l'ai aisément calculée d'après la longueur de ses enjambées ; et nous savons qu'il portait la barbe. Son système pileux fut la seule chose qui impressionna Thaddeus Sholto quand il le vit à la fenêtre. A part cela...

— Le complice ?

— Eh bien, il n'y a pas grand mystère à cela ! Mais

bientôt vous saurez tout... Comme l'air du matin est doux ! Regardez ce petit nuage : il flotte comme une plume rose détachée de quelque gigantesque flamant. Maintenant, le bord rouge du disque solaire se hisse au-dessus de la couche de nuages qui surplombe Londres. Ce soleil brille pour un bon nombre de gens, mais aucun, je parie, n'accomplit une mission plus étrange que la nôtre ! Comme nous nous sentons petits, avec nos ambitions aussi mesquines que nos efforts, en présence des grandes forces élémentaires de la nature ! Etes-vous bien avancé dans votre Jean-Paul ?

— Assez. Je suis revenu à lui à travers Carlyle.

— C'est remonter le ruisseau jusqu'à la source. Il fait une remarque curieuse mais profonde : à savoir que la première preuve de la grandeur d'un homme réside dans la perception de sa propre petitesse. Cela implique, voyez-vous, un pouvoir de comparaison et d'appréciation qui sont, en eux-mêmes, une preuve de noblesse. Richter donne beaucoup à penser ! Vous n'avez pas de revolver, n'est-ce pas ?

— J'ai ma canne.

— Il est possible que nous ayons besoin de quelque chose de ce genre si nous parvenons à leur tanière. Je vous abandonnerai Jonathan, mais si l'autre devient méchant, je l'abats raide ! »

Tout en parlant, il avait pris son revolver. Il y introduisit deux balles puis le remit dans la poche droite de sa veste.

Durant ce temps, Toby nous avait guidés le long de routes bordées de villages et menant vers Londres. Mais nous arrivions maintenant dans de véritables rues où dockers et ouvriers se rendaient à leur travail ; des femmes d'aspect négligé ouvraient leurs volets et balayaient les marches d'entrée. Des bistrots commençaient déjà à sortir des hommes à l'allure rude qui s'essuyaient la barbe d'un coup de manche après la lampée matinale. Des chiens minables, qui flânaient, nous observaient avec étonnement ; mais notre Toby, ne regardant ni à droite, ni à gauche, allait de l'avant, le nez au sol, traduisant parfois par un gémissement une nouvelle odeur fraîche.

Nous avions traversé Streatham, Brixton, Camberwell, et nous étions maintenant dans Kennington Lane ; nous avions donc été déportés par des rues transversales à l'est de l'Oval. Les hommes que nous pourchassions semblaient avoir suivi une route en zigzag, probablement avec l'intention d'éviter d'être repérés. Pas une fois ils n'avaient pris une rue importante si une petite rue parallèle se présentait. Au début de Kennington Lane, ils avaient biaisé vers la gauche à travers Bond Street et Miles Street. Toby s'arrêta à l'endroit où cette dernière rue tourne dans Knight's Place. Puis il se mit à courir en avant, en arrière, avec une de ses oreilles dressée et l'autre traînante : exactement l'image de l'indécision canine ! Enfin, il se mit à trottiner en rond, levant la tête vers nous de temps en temps, comme pour demander que l'on veuille bien comprendre son embarras.

« Qu'est-ce qu'il a, ce chien, nom d'une pipe ? grogna Holmes. Ils n'ont sûrement pas pris de voiture, et ils ne se sont pas envolés en ballon, tout de même.

— Peut-être se sont-ils arrêtés ici un moment ? suggérai-je.

— Ah ! tout va bien : le voilà qui repart ! » dit mon compagnon avec soulagement.

Toby était en effet à nouveau sur la piste. Il avait encore fait un autre tour en reniflant, puis s'était décidé tout d'un coup. Il s'élançait à présent avec une énergie et une détermination qu'il n'avait pas encore déployées. L'odeur apparaissait beaucoup plus fraîche qu'auparavant, car il n'avait même pas besoin de renifler le sol. Il tirait frénétiquement sur sa laisse et tentait de courir. Je pus voir au regard brillant de Holmes qu'il pensait arriver à la fin de notre voyage.

Notre route nous conduisait maintenant vers Nine Elma. Nous arrivâmes au grand chantier de bois

Broderick et Nelson, situé juste derrière la taverne White Eagle. Là, le chien, fou d'excitation, pénétra sur le chantier par l'entrée latérale, où les scieurs étaient déjà au travail. Tirant sans relâche, Toby courut à travers sciure et copeaux, fonça dans un chemin, fila entre deux piles de bois et, poussant enfin un glapissement de triomphe, il sauta sur un gros tonneau encore posé sur le wagonnet qui l'avait amené. La langue pendante, les yeux clignotants, Toby trônait sur le couvercle, nous regardant l'un après l'autre, visiblement en quête d'une approbation. Les douves et les roues du wagonnet étaient enduites d'un liquide noir, et l'air ambiant était saturé de l'odeur de créosote.

Sherlock Holmes et moi nous nous regardâmes d'un air déconcerté, pour, tout à coup, éclater d'un fou rire irrépressible.

VIII

LES FRANCS-TIREURS DE BAKER STREET

« Et maintenant, demandai-je, Toby s'est trompé ?

— Il a fait ce qu'on lui demandait, dit Holmes en le faisant descendre du tonneau et en le tirant hors du chantier. Si vous voulez bien réfléchir à la quantité de créosote qui est charriée dans Londres en un jour, il n'y a rien d'étonnant à ce que notre piste ait été coupée. On l'emploie beaucoup maintenant, surtout pour l'apprêt du bois. Le pauvre Toby n'est pas à blâmer.

— Je suppose qu'il nous faut revenir à la première piste.

— Oui. Heureusement, le chemin n'est pas long ! Ce qui a désorienté le chien au coin de Knight's Place c'est évidemment le fait que deux pistes se croisaient et s'éloignaient dans la direction opposée. Nous avons pris la mauvaise. Il ne nous reste qu'à suivre l'autre. »

Cela n'offrit pas de difficultés. Revenu à l'endroit où il avait commis son erreur, Toby effectua un large cercle, puis bondit dans une nouvelle direction.

« Il faudra veiller à ce qu'il ne nous mène pas à l'endroit d'où vient le tonneau de créosote ! observai-je.

— Oui, j'y ai pensé. Mais remarquez qu'il reste sur le trottoir alors que le tonneau était véhiculé sur la chaussée. Non, Watson, nous sommes sur la bonne piste, à présent ! »

Elle se dirigeait du côté du fleuve, passait à travers Belmont Place et Prince's Street. A la fin de Bond Street, elle descendit tout droit jusqu'au bord de l'eau où se trouvait une petite jetée de bois. Toby nous conduisit jusqu'à son extrémité, et se tint là, gémissant face à l'eau sombre.

« Nous n'avons pas de chance, dit Holmes. Ils ont pris un bateau. »

Plusieurs barques et légers esquifs se balançaient sur l'eau au bord de la jetée. Nous guidâmes Toby vers chacun d'entre eux, mais ses reniflements vigoureux ne donnèrent aucun résultat.

Non loin du quai rudimentaire, se trouvait une petite maison de brique ; à la deuxième fenêtre était pendue une pancarte en bois. « Mordecai Smith » était imprimé en grosses lettres ; en dessous « Bateaux à louer à l'heure ou à la journée ». Une deuxième pancarte au-dessus de la porte nous informa que la maison possédait également une chaloupe à vapeur. Je remarquai en effet un gros tas de coke près de la jetée. Holmes inspecta les environs avec un regard désabusé.

« Mauvais, mauvais ! fit-il. Ces individus sont plus malins que je ne le pensais. Ils semblent avoir couvert leurs traces. J'ai peur qu'ils n'aient obéi à un plan soigneusement concerté d'avance. »

Il s'approchait de la maison, lorsque la porte

s'ouvrit ; un petit gamin frisé, d'environ six ans, sortit en courant, suivi d'une vigoureuse femme au visage coloré, tenant une grande éponge.

« Jack, reviens ici te faire laver ! cria-t-elle. Reviens ici, petit diable ! Si ton père revient à la maison et te trouve dans cet état, il nous en fera entendre de belles...

— Quel beau petit garçon ! s'écria Holmes pour établir des positions stratégiques. A-t-on idée d'avoir des joues aussi roses ! Dis-moi, Jack, y a-t-il quelque chose que tu aimerais avoir ? »

Le marmot réfléchit un moment.

« J'aimerais bien avoir un shilling ! répondit-il.

— Rien d'autre que tu aimerais mieux ?

— Je préférerais deux shillings, répondit le jeune prodige après un instant de réflexion.

— Eh bien, les voilà ! Attrape ! C'est du vif-argent que vous avez là, madame Smith...

— Dieu vous protège, monsieur ! Il est même plus que cela ! Il me donne bien du mal, parfois ; surtout quand mon homme s'en va pendant plusieurs jours.

— Il est donc parti ? dit Holmes, d'une voix déçue. J'en suis désolé, car je voulais lui parler.

— Il est parti depuis hier matin, mon bon monsieur, et pour dire vrai, je commence à m'inquiéter. Mais si c'est au sujet d'un bateau, monsieur, peut-être pourrais-je vous aider ?

— Je voudrais louer sa chaloupe à vapeur.

— Ah ! mon pauvre monsieur, c'est justement dans la chaloupe qu'il est parti. C'est bien ce qui m'étonne, car elle a tout juste assez de charbon pour aller à Woolwich et revenir. S'il était parti dans la péniche, je n'y penserais même pas : son travail l'entraîne souvent jusqu'à Gravesend, et quand il y a de quoi faire là-bas, il lui arrive de rester. Mais à quoi peut servir une chaloupe à vapeur sans charbon ?

— Il a pu en acheter à l'un des quais, en descendant le fleuve.

— Peut-être bien, monsieur ; mais ce n'est pas son habitude. Combien de fois l'ai-je entendu pester

contre les prix qu'ils demandent pour quelques sacs.
D'ailleurs, je n'aime pas cet homme à la jambe de
bois avec son parler étranger : il a une sale tête !
Pourquoi vient-il toujours rôder par ici ?

— Un homme à la jambe de bois ? demanda Holmes d'une voix innocemment étonnée.

— Oui, monsieur, un type au visage tout brun qu'il
en ressemble à un singe ! Il est venu plus d'une fois
voir mon homme. C'est lui qui l'a réveillé, l'avant-
dernière nuit. Ce qu'il y a de plus fort, c'est que mon
homme savait qu'il viendrait, car il avait chargé la
chaudière de la chaloupe. Je vous parlerai sans
détours, monsieur : je me fais du souci !

— Mais enfin, ma chère madame Smith, vous
vous effrayez sans raison ! dit Holmes en haussant
les épaules. D'abord, comment vous est-il possible de
dire que c'est bien l'homme à la jambe de bois qui est
venu la nuit ? Je ne comprends pas comment vous
pouvez être aussi affirmative.

— C'est sa voix, monsieur. Je connais sa voix ; elle
est comme qui dirait rauque et voilée. Il a frappé à la
fenêtre ; ça devait être vers les trois heures du
matin : « Debout là-dedans », qu'il a dit « il est temps
d'aller relever la garde ». Mon homme a réveillé Jim
— c'est le fils aîné — et les voilà partis, sans même
me dire un mot. J'ai entendu le pilon de bois résonner sur les pierres.

— Et cet homme à la jambe de bois, il était seul ?

— Je ne pourrais dire pour sûr, monsieur ! Je n'ai
entendu personne d'autre.

— Je regrette beaucoup, madame Smith. Je voulais une chaloupe à vapeur, et j'avais entendu dire
beaucoup de bien de la... Voyons, comment
s'appelle-t-elle déjà ?

— L'*Aurore*, monsieur.

— Ah ! N'est-ce pas cette vieille chaloupe verte,
bordée d'une ligne jaune et très large d'assiette ?

— Non pas du tout ! C'est l'un des bateaux les plus
allongés qu'il y ait sur le fleuve. Et elle vient d'être

repeinte à neuf toute en noir avec deux bandes rouges.

— Merci. J'espère que vous aurez bientôt des nouvelles de monsieur Smith. Je vais descendre le fleuve, et si je vois l'*Aurore*, je dirai au patron que vous êtes inquiète. Une cheminée noire, disiez-vous ?

— Non, monsieur. Noire avec une bande blanche.

— Ah ! bien entendu ! Ce sont les côtés qui sont noirs. Au revoir, madame Smith. Voici un batelier et sa barque, Watson. Demandons à traverser le fleuve.

« L'important avec les gens de cette espèce, continua Holmes comme nous prenions place près du gouvernail de l'embarcation, c'est de ne jamais leur donner l'occasion de supposer que ce qu'ils vous racontent présente pour vous de l'importance. Autrement, ils se ferment instantanément comme une huître ! Mais si, par contre, vous feignez de les écouter, pour ainsi dire, contre votre gré, vous avez des chances d'apprendre ce que vous désirez savoir.

— En tout cas, nous savons ce qu'il nous reste à faire, dis-je.

— Et quel serait votre plan ?

— Louer une chaloupe et descendre la rivière sur les traces de l'*Aurore*.

— Mais, mon cher ami, ce serait une tâche colossale ! L'embarcation a pu accoster à n'importe quelle jetée des deux rives entre ici et Greenwich. Passé le pont, les points d'accostage forment un labyrinthe de plusieurs kilomètres. Il vous faudrait je ne sais combien de jours pour tout explorer seul.

— Faisons appel à la police, alors.

— Non. Je me mettrai sans doute en rapport avec Athelney Jones, mais au dernier moment seulement. Ce n'est pas un méchant homme, et je ne voudrais rien faire qui puisse lui nuire professionnellement. Mais travailler seul m'amuse beaucoup plus : surtout maintenant que nous sommes si avancés !

— Peut-être pourrions-nous alors mettre une

annonce demandant des renseignements aux gardiens des quais ?

— De mal en pis ! Nos hommes sauraient alors que nous les talonnons, et ils quitteraient immédiatement le pays. Certes, ils partiront de toute façon, mais tant qu'ils se sentiront en parfaite sécurité, ils ne se presseront pas. L'énergie déployée par Jones, le détective, nous sera utile à ce sujet ! Les quotidiens vont certainement présenter son point de vue, et nos fuyards croiront que la police est sur une fausse piste.

— Qu'allons-nous donc faire ? demandai-je, comme nous touchions terre près de la prison de Millbank.

— Nous allons prendre ce fiacre, rentrer à la maison, nous faire servir un petit déjeuner, et nous coucher une heure. Il est fort probable que nous soyons sur pied toute la nuit prochaine. Arrêtez-vous au premier bureau de poste sur votre chemin, conducteur ! Toby peut encore nous être utile ; nous allons le garder. »

La voiture s'arrêta devant la poste de Great Peter Street, et Holmes descendit envoyer un télégramme.

« A qui croyez-vous que j'aie télégraphié ? me demanda-t-il à son retour.

— Je n'en ai pas la moindre idée.

— Vous souvenez-vous de la police spéciale de Baker Street ? J'avais fait un appel à eux dans l'affaire Jefferson Hope.

— Oui. Eh bien ?

— C'est exactement le problème type où leur aide peut nous être très précieuse. S'ils échouent, j'ai d'autres moyens. Mais je vais d'abord essayer celui-là. Mon télégramme s'adressait à notre petit lieutenant, le dénommé Wiggins. Je pense que lui et sa bande viendront nous rendre visite avant que nous ayons terminé notre petit déjeuner. »

Il devait être entre huit et neuf heures, maintenant, et les événements de la nuit commençaient à peser lourd. J'étais courbatu et las ; mon esprit s'embrouillait. Je n'avais pas, pour me soutenir, l'enthousiasme professionnel de mon compagnon, et il m'était impossible d'ailleurs de considérer abstraitement l'affaire comme un simple problème intellectuel. En ce qui concernait Bartholomew j'avais entendu dire peu de bien sur lui, et ses meurtriers ne m'inspiraient pas une trop violente aversion. Mais pour le trésor c'était une autre histoire ! Il appartenait de droit, en tout ou partie, à Mlle Morstan. Tant qu'il resterait une chance de le recouvrer, je serais prêt à y consacrer ma vie ! Pourtant notre réussite placerait probablement la jeune fille hors de ma portée pour toujours. Mais mon amour aurait été bien égoïste et mesquin s'il s'était laissé influencer par une telle pensée ! Holmes pouvait travailler à la capture des criminels : j'avais, quant à moi, une raison dix fois plus forte de recouvrer le trésor.

Un bain à Baker Street, suivi d'un complet changement de linge, me rafraîchit magnifiquement. Lorsque je descendis de ma chambre, je trouvai le petit déjeuner servi, et Holmes en train de verser le café.

« On parle du meurtre, dit-il en désignant un journal ouvert — un journaliste doué d'ubiquité et l'énergique Jones ont arrangé l'affaire entre eux. Mais vous devez en avoir assez de cette histoire ! Mangez d'abord vos œufs au jambon. »

Je m'emparai du journal et lus le court article qui s'intitulait : *Une mystérieuse affaire à Upper Norwood.*

Hier soir, vers minuit, était-il écrit dans le *Standard, M. Bartholomew Sholto, de Pondichery Lodge, Upper Norwood, a été trouvé mort dans sa chambre. Les circonstances démontraient un acte criminel. Pour autant que nous le sachions, aucune trace de violence ne fut relevée sur la victime. Mais une précieuse collection de joyaux des Indes que l'honorable défunt avait héritée de son père, avait disparu. Le crime fut découvert par M. Sherlock Holmes et le docteur Watson, qui s'étaient rendus dans la maison en* compagnie de M. Thaddeus Sholto, frère du décédé. *Une chance singulière a voulu que M. Athelney Jones, le détective bien connu de Scotland Yard, se trouvât justement au commissariat de police de Norwood. Il fut ainsi sur les lieux moins d'une demi-heure après que l'alerte eut été donnée. Son expérience et son talent se tournèrent aussitôt vers la recherche des criminels. L'heureuse conséquence en fut l'arrestation du frère de la victime, Thaddeus Sholto, de la femme de charge, Mme Berstone, du maître d'hôtel hindou, un dénommé Lal Rao, et du portier McMurdo. Il est en effet certain que le, ou les voleurs, connaissaient bien la maison. Les connaissances techniques réputées de M. Jones s'alliant à ses dons non moins célèbres d'observation, lui ont permis de prouver irréfutable- ment que les bandits n'avaient pu pénétrer ni par la porte, ni par la fenêtre ; grimpant sur le toit du bâti- ment, ils se sont introduits par une tabatière dans une pièce s'ouvrant sur la chambre où fut trouvé le corps. L'hypothèse d'un simple cambriolage par des étrangers se trouve ainsi définitivement écartée. L'action prompte et énergique des représentants de la loi mon- tre qu'en de telles circonstances il y a grand avantage à ce que l'enquête soit menée par un seul esprit, vigou- reux et maître de ses moyens. Nous ne pouvons nous empêcher de penser qu'un tel résultat offre un argu- ment de poids à ceux qui désireraient voir une décen- tralisation de nos forces de détectives ; ceux-ci se trou- veraient alors en contact plus étroit et plus effectif avec les affaires sur lesquelles ils doivent enquêter.*

« N'est-ce pas superbe ? dit Holmes en souriant au-dessus de sa tasse de café. Qu'en pensez-vous ?

— Je pense que nous avons nous-mêmes frôlé l'arrestation.

— C'est mon avis. Je n'oserais répondre de notre liberté s'il est repris tout à coup par une autre crise d'énergie ! »

A cet instant précis un coup de sonnette prolongé résonna dans toute la maison. Nous entendîmes

Mme Hudson, notre logeuse, pousser des lamenta-
tions et de véhémentes imprécations.

« Bonté divine ! m'écriai-je en me soulevant de
mon siège. Je crois, Holmes, qu'ils viennent vraiment nous arrêter.

— Non, ce n'est pas aussi terrible que cela ! Je
reconnais ma police auxiliaire, les francs-tireurs de
Baker Street. »

De fait, des cris aigus et une galopade de pieds nus
retentirent dans l'escalier. Et une douzaine de petits
voyous, sales et déguenillés, firent irruption dans la
pièce. Je reconnais que malgré l'invasion bruyante,
ils firent preuve de discipline. Ils se mirent immédiatement en rang, et leurs frimousses éveillées nous
firent face. Après quoi l'un d'entre eux s'avança avec
une supériorité nonchalante, fort drôle chez ce jeune
garçon aussi peu engageant qu'un épouvantail.

« Bien reçu votre message, monsieur ! dit-il. Je
vous les amène au complet. Cela fait trois shillings et
six pence de frais de transports.

— Les voilà, dit Holmes en sortant de la monnaie.
A l'avenir, ils vous feront leur rapport, et vous me le
transmettrez. Il ne faut plus que la maison soit enva-
hie. Cependant, j'aime autant que vous entendiez
tous mes instructions. Je veux découvrir où se trouve
une chaloupe à vapeur s'appelant l'*Aurore*. Le nom
du patron est Mordecai Smith. Le bateau a dû descendre le fleuve et s'arrêter quelque part. Il est noir,
bordé de deux lignes rouges ; sa cheminée, noire
également, a une bande blanche. Il faut que l'un de
vous se poste à l'embarcadère de Mordecai Smith, en
face de Millbank, pour voir si le bateau revient. Les
autres doivent se partager les deux rives et chacun
explorer soigneusement sa portion. Prévenez-moi
dès que vous aurez des nouvelles. Est-ce que tout est
compris ?

— Oui, mon colonel ! dit Wiggins.

— Ce sera le même tarif que d'habitude, plus une
guinée à celui qui trouvera le bateau. Voici un jour
d'avance. Et maintenant, au travail ! »

Il remit un shilling à chacun, puis les gamins dévalèrent l'escalier. Un instant plus tard, je les aperçus filant dans la rue.

« Si la chaloupe est au-dessus de l'eau, ils la trouveront ! » dit Holmes en se levant de table.

Il alluma sa pipe.

« Ils peuvent aller partout, tout voir, et tout entendre. Je compte qu'ils la découvriront avant ce soir. En attendant, nous ne pouvons rien faire. Il faut, pour reprendre la piste, retrouver l'*Aurore* ou M. Mordecai Smith.

— Je suis sûr que Toby va se régaler de nos restes. Allez-vous vous coucher, Holmes ?

— Non, je ne suis pas fatigué. J'ai une curieuse constitution. Je ne me souviens pas d'avoir jamais été fatigué par le travail. En revanche, l'oisiveté m'épuise complètement. Je m'en vais fumer et réfléchir à cette étrange affaire que nous amena une cliente charmante. Si jamais tâche fut facile, la nôtre doit l'être. Les hommes à la jambe de bois ne sont pas légion. Quant à l'autre je pense qu'il est absolument unique en son genre.

— Encore cet autre homme !

— Je ne tiens pas spécialement à jouer au mystérieux. Watson ! Cependant, vous devez bien vous être fait votre petite opinion, non ? Considérez les données : des petits pieds nus, dont les doigts ne furent jamais compressés par des chaussures ; une massue en pierre ; une grande agilité ; des fléchettes empoisonnées...

— Un sauvage ! m'exclamai-je. Peut-être l'un de ces Hindous avec lesquels Jonathan Small était associé ?

— C'est fort douteux ! dit-il. J'ai envisagé cette explication quand j'ai vu les armes étranges. Mais les empreintes singulières des pieds m'ont fait reconsidérer la question. Certains habitants des Indes sont en effet petits ; mais aucun n'aurait pu laisser de telles marques. L'Hindou a des pieds longs et minces. Le mahométan n'a que le pouce nettement séparé des autres doigts, car il porte des sandales avec une lanière qui passe entre le pouce et les orteils. De plus ces fléchettes ne peuvent se lancer que d'une seule manière ; avec une sarbacane. D'où, alors, peut venir notre sauvage ?

— De l'Amérique du Sud ? » hasardai-je.

Il leva les bras vers l'étagère, et en tira un gros volume.

« Voici le premier tome d'une encyclopédie en cours de publication. On peut la considérer comme la plus moderne. Qu'est-ce que je lis ? « Les îles Andaman sont situées à cinq cent soixante-dix kilomètres au nord de Sumatra, dans la baie du Bengale. » Hum ! Hum ! Qu'est-ce que tout ceci ? Voyons : climat humide, récifs de corail, requins, Port Blair, pénitencier, l'île Rutland, plantations de cotonniers... Ah ! nous y voici ! « Les indigènes des îles Andaman pourraient prétendre au titre de la race la plus petite sur la terre bien que certains anthropologues le réservent aux Bushmen d'Afrique, aux Diggers d'Amérique, et aux habitants de la Terre de Feu. Leur taille moyenne ne dépasse pas un mètre trente, mais de nombreux adultes normalement constitués sont beaucoup plus petits. Cette race est farouche et intraitable. Cependant, lorsqu'on parvient à gagner l'amitié de l'un d'eux, il est alors capable du plus grand dévouement. » Souvenez-vous de cela Watson. Maintenant, écoutez la suite. « Ils sont d'une apparence hideuse. La tête est volumineuse et déformée ; les yeux sont petits ; les traits sont déformés ; les pieds et les mains d'une petitesse remarquable. Ils sont si farouches et si intraitables que les autorités britanniques ont échoué dans tous leurs efforts pour gagner leur confiance. Ils ont toujours été la terreur des naufragés qu'ils massacrent à l'aide de leurs massues de pierre, ou de leurs flèches empoisonnées. Ces tueries se terminent invariablement par un festin cannibale. » Voilà un peuple amical et paisible, Watson ! Si notre sauvage avait été laissé libre d'agir à sa guise, cette affaire aurait pu prendre une tournure encore plus macabre. J'imagine, pourtant, que même à présent Jonathan Small paierait cher pour ne l'avoir pas utilisé.

— Mais comment s'est-il procuré un pareil complice ?

— Ah ! je ne saurais vous en dire davantage ! Cependant, nous avons déjà déterminé que Small avait séjourné aux Andaman ; il n'y a donc rien de très étonnant à ce qu'il ait pour compagnon un indigène. Nous apprendrons tout cela en temps voulu, je n'en doute pas ! Allons, Watson ! Vous avez l'air complètement défait : étendez-vous là sur le canapé, et voyons si je puis vous endormir. »

Il prit son violon, et il commença de jouer tandis que je m'allongeais. C'était un air rêveur et mélodieux ; de sa propre composition certainement, car il savait improviser avec beaucoup de talent. Je me souviens vaguement de ses bras maigres, de son visage attentif, et du va-et-vient de l'archet. Puis il me sembla que je m'éloignais paisiblement, flottant sur une douce mer de sons, pour ensuite atteindre le royaume des rêves où le joli visage de Mary Morstan se penchait vers moi.

IX

LA CHAÎNE SE CASSE

Je ne me réveillai, alerte et ragaillardi, que tard dans l'après-midi. Sherlock Holmes était encore assis, comme au début de mon sommeil ; mais il avait mis de côté son violon pour se plonger dans un livre. Il leva les yeux en m'entendant bouger, et je remarquai que son visage était sombre et inquiet.

« Vous avez dormi profondément ! dit-il. J'ai craint que le bruit des voix ne vous tire du sommeil...

— Je n'ai rien entendu. Mais avez-vous eu des nouvelles ?

— Non, malheureusement. J'avoue que j'en suis surpris et déçu. J'espérais bien qu'à cette heure-ci j'aurais appris quelque chose... Wiggins est venu ; il m'a fait son rapport. Négatif. Aucune trace de la chaloupe. Ce contretemps m'exaspère, car chaque heure a son importance.

— Puis-je vous être utile à quelque chose ? Je me sens parfaitement bien maintenant, et fin prêt pour une autre expédition nocturne.

— Non. On ne peut rien faire, qu'attendre. Si nous sortons, un message risque d'arriver pendant notre absence ; d'où une perte de temps. Faites ce que vous voulez ; quant à moi, je reste pour monter la garde.

— Dans ce cas, je vais faire un saut à Camberwell pour rendre visite à Mme Cecil Forrester. Elle me l'a demandé hier.

— Mme Cecil Forrester vraiment ? demanda Holmes avec un sourire dans les yeux.

— A Mlle Morstan aussi, bien entendu ! Elles étaient toutes deux fort impatientes d'apprendre ce qui se passait.

— Je ne leur en dirais pas trop si j'étais vous ! dit Holmes. On ne peut jamais faire totalement confiance aux femmes ; pas même aux meilleures d'entre elles. »

J'avais bien envie de contredire cette opinion détestable, mais je résistai à la tentation.

« Je serai de retour dans une heure ou deux, vous savez !

— Parfait ! Bonne chance ! Mais dites-moi, puisque vous allez de l'autre côté du fleuve, voulez-vous ramener Toby ? Il est très peu probable qu'il puisse nous être utile maintenant. »

Je pris donc le chien et le ramenai, accompagné d'un demi-souverain, au vieux naturaliste de Pinchin Lane. A Camberwell, je trouvai Mlle Morstan, un peu lasse des aventures de la veille, mais impatiente d'avoir des nouvelles. Et Mme Forrester était aussi curieuse qu'elle. Je leur racontai tout ce que nous avions fait, en omettant cependant les détails choquants de la tragédie. Ainsi, je parlai de la mort de M. Sholto, mais passai sous silence les circonstances dans lesquelles elle était survenue. Mon récit, même épuré, avait encore de quoi surprendre et faire frémir.

« Mais c'est un vrai roman ! s'écria Mme Forrester. Une dame lésée, un trésor d'un demi-million, un cannibale noir, et un scélérat à la jambe de bois. Voilà qui remplace avantageusement le dragon, ou le traître de la tradition !

— Et deux chevaliers errants au service de la juste cause ! ajouta Mlle Morstan en me regardant gentiment.

— Quand je pense, Mary, que votre fortune dépend du résultat de ces recherches, il me semble que vous n'êtes guère enthousiaste ! Pensez donc à ce que ce doit être d'avoir une telle richesse, et le monde à ses pieds ! »

Mon cœur eut un petit tressaillement de joie, en remarquant que cette éventualité ne semblait pas éveiller d'écho particulier chez la jeune fille. Au contraire, elle rejeta fièrement la tête, comme si la chose lui paraissait de peu d'intérêt.

« C'est pour M. Thaddeus Sholto que je m'inquiète ! fit-elle. Rien d'autre n'est vraiment important. Je trouve qu'il s'est conduit en toutes circonstances avec probité et bonté. Notre devoir est de le disculper de cette accusation horrible et sans fondement. »

Le soir allongeait les ombres lorsque je quittai Camberwell, et je ne parvins à Baker Street qu'à la nuit tombée. Le livre et la pipe de mon compagnon étaient seuls auprès de son fauteuil vide. Je regardai les lieux dans l'espoir qu'il m'avait laissé un mot ; mais je ne trouvai rien.

« Je suppose que M. Sherlock Holmes est sorti ? demandai-je à Mme Hudson, lorsqu'elle monta pour fermer les volets.

— Non, monsieur. Il est monté dans sa chambre...
Savez-vous, monsieur, continua-t-elle en baissant la
voix pour chuchoter, je m'inquiète pour sa santé !

— Et pourquoi cela, madame Hudson ?

— Eh bien, monsieur, c'est qu'il est bizarre ! Après
votre départ, il s'est mis à arpenter sans répit la
pièce ; de long en large, de large en long, j'en pris mal
à la tête. Et puis, je l'entendais qui parlait tout seul.
Chaque fois qu'on sonnait à la porte, il venait sur
le palier : « Qui est-ce, madame Hudson ? »
demandait-il. Il s'est enfermé à présent dans sa
chambre ; mais je l'entends marcher tout comme
avant. J'espère bien qu'il ne va pas tomber malade,
monsieur. Je me suis permis de lui suggérer un
remède calmant, mais il s'est tourné vers moi avec
un tel regard... Je ne sais plus comment je suis sortie
de la pièce.

— Je ne pense pas que vous ayez à vous faire du
souci, madame Hudson, répondis-je. Je l'ai déjà vu
ainsi. Il a un petit ennui qui l'énerve. »

Tout en essayant de rassurer notre brave logeuse,
je ne fus pas moi-même exempt d'inquiétude en
entendant de temps en temps le bruit étouffé des pas
de Sherlock Holmes résonner durant cette longue
nuit. Je comprenais combien devait le torturer cette
inaction involontaire.

Au petit déjeuner, il apparut hagard et usé ; deux
petites taches de fièvre se dessinaient sur ses pom-
mettes.

« Vous êtes en train de vous épuiser, mon vieux !
remarquai-je. Je vous ai entendu arpenter votre
chambre toute la nuit.

— Je ne pouvais pas dormir, répondit-il. Ce problème infernal me consume. C'est vraiment trop bête
d'être arrêté par un obstacle aussi dérisoire, alors
que tout le reste a été surmonté. Je connais les hommes, la chaloupe, tout ce qui est nécessaire. Et pourtant, pas un renseignement ! J'ai lancé d'autres agences sur la piste ; j'ai mis en œuvre tous les moyens
dont je dispose. Les deux rives du fleuve ont été

fouillées ; en vain. Et Mme Smith n'a pas non plus de nouvelles de son mari. Il me faudra bientôt conclure qu'ils ont sabordé le bateau. Mais cette hypothèse soulève bien des objections.

— Mme Smith nous aurait-elle mis sur la mauvaise piste ?

— Non, je pense que cela peut être écarté. Les enquêtes que j'ai fait faire confirment qu'il existe bien une chaloupe de cette description.

— Peut-être a-t-elle remonté le fleuve ?

— J'ai également envisagé cela. Un groupe de chercheurs va remonter les rives jusqu'à Richmond. Si nous n'obtenons rien aujourd'hui, je me mettrai moi-même en campagne demain, pour chercher les hommes plutôt que le bateau. Mais nous aurons certainement des nouvelles ; certainement ! »

Et pourtant, nous n'en eûmes pas. Pas un mot de Wiggins, ni des agences. La plupart des journaux consacrèrent un article à la tragédie de Norwood ; tous semblaient plutôt hostiles au malheureux Thaddeus Sholto. Il n'y avait cependant aucun détail nouveau, sauf que l'enquête judiciaire par-devant jury aurait lieu le lendemain. Dans la soirée, je marchai jusqu'à Camberwell pour raconter aux dames nos efforts infructueux. A mon retour, je trouvai Holmes abattu et quelque peu morose. Il répondit à peine à mes questions et s'occupa toute la soirée d'une analyse chimique difficile à comprendre. Cela impliquait des cornues à chauffer et des distillations de vapeur dégageant un parfum qui finit par me faire fuir l'appartement. Jusqu'aux premières heures du matin, le cliquetis des éprouvettes se fit entendre ; donc il était encore engagé dans ses expériences malodorantes.

Je me réveillai tout à coup en sursaut. A la lueur de l'aube je le vis, avec surprise, à côté de mon lit. Il était habillé d'un grossier costume de marin, et il portait autour du cou une écharpe rouge et usée.

« Je descends vers le fleuve, Watson ! dit-il. J'ai tourné et retourné la question dans ma tête. Je ne vois qu'une manière d'en sortir. Elle vaut la peine d'être essayée, en tout cas.

— Je peux donc venir avec vous ? dis-je.

— Non. Vous serez beaucoup plus utile en restant ici pour me représenter. Je suis désespéré d'avoir à partir, car les jeux sont tels qu'un message quelconque a des chances de nous parvenir durant la journée, malgré le pessimisme de Wiggins hier soir. Je voudrais que vous ouvriez tous les messages, télégrammes et autres qui me seraient adressés, et que vous agissiez vous-même pour le mieux dans le cas où des nouvelles nous parviendraient. Puis-je compter sur vous ?

— Sûr !

— J'ai peur que vous ne puissiez me télégraphier, car je suis incapable de vous dire où je serai. Si, cependant, j'ai de la chance, je ne devrais pas être parti trop longtemps. Je saurai quelque chose, en tout cas, avant de revenir. »

Au petit déjeuner, je n'avais encore aucune nouvelle de Holmes. Mais en ouvrant le *Standard,* je vis que l'affaire connaissait de nouveaux développements.

En ce qui concerne la tragédie de Upper Norwood, était-il écrit, *nous avons des raisons de croire que le cas serait encore plus complexe et mystérieux qu'il n'avait été supposé à l'origine. Une enquête approfondie a démontré que M. Thaddeus Sholto ne pouvait absolument pas être impliqué dans l'affaire. Il a été relâché hier soir, ainsi que la femme de charge, Mme Berstone. Il semblerait, cependant, que la police soit sur la piste des vrais coupables. C'est M. Athelney Jones, de Scotland Yard, qui, avec sa sagacité et son énergie bien connues, poursuit l'enquête. D'autres arrestations peuvent être attendues très prochainement.*

« Voilà qui est bien ! pensai-je. L'ami Sholto est libre. Je me demande quelle est cette nouvelle piste.

Cela ressemble à une formule conventionnelle uti-
lisée chaque fois que la police fait une bévue. »

Je jetai le journal sur la table, lorsque, à ce
moment, je remarquai une annonce dans la colonne
Perdu et trouvé ; elle disait ceci :

« Perdus. — *Attendu que Mordecai Smith, batelier,
et son fils Jim, ont quitté l'embarcadère de Smith à
trois heures du matin environ, mardi dernier, dans
une chaloupe à vapeur,* l'Aurore, *noire avec deux
lignes rouges, cheminée noire avec une bande blanche,
la somme de cinq livres sera donnée à la personne qui
pourra fournir des renseignements concernant ledit
Mordecai Smith et la chaloupe* l'Aurore. *S'adresser à
Mme Smith, à l'embarcadère de Smith, ou à 221 b,
Baker Street.* »

Voilà qui, manifestement, relevait du travail de
Holmes. L'adresse de Baker Street le prouvait
amplement. L'annonce me parut ingénieusement
rédigée, car les fugitifs pourraient la lire sans y voir
autre chose que l'inquiétude bien naturelle d'une
épouse au sujet de l'abscence prolongée de son mari.

La journée fut longue. Chaque fois que l'on frappait à la porte, ou qu'un pas résonnait dans la rue, je
m'imaginais que c'était Holmes qui revenait, ou bien
qu'on apportait des nouvelles. J'essayai de lire, mais
mes pensées s'échappaient vers notre étrange recherche, vers les deux bandits si différents l'un de l'autre.
Serait-il possible, me demandai-je, que le raisonnement de mon ami comportât quelque énorme
erreur ? Ne pouvait-il être la proie d'une illusion
obstinée ? N'était-il pas possible que son esprit agile
et spéculateur eût construit une hypothèse fantastique sur des fausses prémices ? Je ne l'avais jamais vu
se tromper ! Pourtant, l'esprit le plus subtil est parfois sujet à l'erreur. Holmes pouvait fort bien avoir
été victime, pensai-je, du raffinement excessif de sa
logique ; ne penchait-il pas un peu trop à préférer
une explication bizarre alors qu'une autre, plus

banale, se trouvait à portée ? D'un autre côté, j'avais vu moi-même les faits et suivi sa marche déductive. Regardant en arrière le long enchaînement des circonstances (plusieurs banales en soi, mais toutes tendant dans la même direction) je ne pouvais m'empêcher de penser que même si l'explication de Holmes était incorrecte, la vérité ne devait pas être moins surprenante.

A trois heures de l'après-midi, la sonnerie résonna bruyamment. J'entendis une voix autoritaire dans le vestibule... Quelle ne fut pas ma surprise de voir entrer M. Athelney Jones, en personne ! Oh ! il était très différent du professeur de bon sens, dominateur et brusque, qui s'était emparé de l'affaire avec tant de confiance, à Upper Norwood ! Il me témoigna une douceur... imprévue : c'est tout juste s'il ne s'excusa pas.

« Bonjour, monsieur ! Bien le bonjour ! commença-t-il. M. Sherlok Holmes est absent, je pense ?

— Oui, et j'ignore tout de l'heure à laquelle il rentrera. Mais peut-être désirez-vous l'attendre ? Prenez donc ce fauteuil et un cigare.

— Merci, je ne demande pas mieux, dit-il en s'épongeant le front à l'aide d'un grand mouchoir rouge.

— Et que diriez-vous d'un whisky-soda ?

— Ma foi, un demi-verre s'il vous plaît ! Il fait très chaud pour la saison. Et puis, avec ces soucis qui me harcèlent... Vous connaissez ma théorie sur l'affaire de Norwood ?

— Je me rappelle que vous en avez exprimé une.

— Oui. Eh bien, docteur, j'ai été contraint de la réviser ! Croyez-vous que j'avais bien enveloppé M. Sholto dans mon filet quand, vlan ! il s'échappe par un trou dans le milieu. Il a pu établir un alibi indiscutable. Depuis le moment où il quitta la chambre de son frère, il n'est jamais resté seul. Donc, impossible que ce soit lui qui ait grimpé sur le toit et passé à travers la tabatière. C'est une affaire bien obscure, et ma réputation professionnelle est en jeu. Je serais très heureux d'être un peu aidé.

— Nous en avons tous besoin quelquefois, répondis-je placidement.

— Votre ami, M. Sherlock Holmes, est un homme merveilleux, monsieur ! reprit-il d'une voix aussi confidentielle qu'enrouée. C'est un homme qui ne connaît pas la défaite. Je l'ai vu, jeune encore, se pencher sur un grand nombre d'affaires ; et je n'en connais pas une sur laquelle il n'ait pu jeter une lumière. Il use de méthodes très personnelles. Peut-être est-il un peu rapide pour formuler des théories... Mais, dans l'ensemble, il aurait fait un inspecteur de police plein d'avenir ; je ne crains pas de le dire tout haut. Il m'a fait parvenir un télégramme ce matin. D'après ce que je comprends, il posséderait quelques indices sur cette affaire Sholto. Voici son message. »

Il sortit le télégramme de sa poche et me le tendit. Il provenait de Poplar, envoyé à midi. « Arrivez immédiatement à Baker Street, était-il écrit. Si je ne suis pas de retour, attendez-moi. Je serre de près la bande Sholto. Vous pourrez venir avec nous ce soir si vous désirez participer au dernier acte. »

« Voilà qui est bien : il est parvenu à retrouver la piste ! dis-je.

— Ah ! il s'était donc trompé, lui aussi ? s'exclama Jones, avec une satisfaction visible. Même les meilleurs d'entre nous s'égarent parfois. Sa chasse peut naturellement s'avérer vaine ; mais en tant qu'officier de la loi mon devoir est de ne laisser passer aucune chance... J'entends quelqu'un à la porte. C'est peut-être lui ? »

Un pas lourd, trébuchant, se fit entendre dans l'escalier ainsi qu'une respiration sifflante : le visiteur peinait à monter. Une fois ou deux, le pas hésita ; finalement un homme apparut sur le seuil et entra. Son aspect correspondait bien au bruit qu'il avait fait : c'était un homme âgé, vêtu d'un costume de marin et d'une vieille veste boutonnée jusqu'au cou. Il marchait voûté, ses genoux tremblaient, et il respirait avec la gêne visiblement douloureuse d'un asthmatique. Il s'appuyait sur un gros gourdin de chêne, et soulevait les épaules en s'efforçant d'aspirer l'air dans ses poumons. Un foulard de couleur couvrait son menton, et je ne pus voir de son visage que deux yeux sombres mais vifs surmontés d'épais sourcils blancs, et une longue moustache grise. L'ensemble donnait l'impression d'un respectable officier de marine atteint par l'âge et la pauvreté.

« Que voulez-vous, mon ami ? » demandai-je.

Il regarda autour de lui avec la lenteur et la circonspection des vieillards, puis se décida :

« M. Sherlock Holmes est-il là ?

— Non, mais je le représente. Vous pouvez me confier un message si vous en avez un pour lui.

— C'était à lui-même que je voulais parler, dit-il.

— Mais je vous dis qu'il m'a chargé d'agir à sa place. Cela concerne-t-il le bateau de Mordecai Smith ?

— Oui. Je sais bien où il est. Et je sais aussi où sont les hommes qu'il cherche. Et je sais où est le trésor. Je sais tout là-dessus.

— Eh bien, dites-le-moi, et je lui en ferai part.

— C'est à lui-même que je veux le dire ! répéta-t-il avec l'obstination querelleuse d'un très vieil homme.

— Alors, il vous faut l'attendre !

— Non et non ! Personne ne va me faire perdre toute une journée. Si M. Holmes n'est pas ici, eh bien M. Holmes devra se débrouiller tout seul ! L'un et l'autre, vous avez une tête qui ne me revient pas, et je n'ouvrirai pas la bouche. »

Déjà, il se dirigeait vers la porte en traînant les pieds, mais Athelney Jones lui barra le chemin.

« Une minute, mon brave ! dit-il. Vous détenez des informations importantes, vous ne devez pas partir. Que vous nous aimiez ou non, nous vous garderons ici jusqu'au retour de notre ami. »

Le vieil homme se précipita en chancelant mais Athelney Jones ayant appuyé contre la porte ses larges épaules, il reconnut l'inutilité de toute résistance.

« Voilà une jolie manière de traiter les gens ! cria-t-il, frappant le sol de son gourdin. Je viens ici pour voir un monsieur, et vous deux, que je n'ai jamais vus de ma vie, vous me traitez de cette façon !

— Vous ne vous en porterez pas plus mal ! dis-je. Nous vous dédommagerons pour la perte de votre temps. Asseyez-vous ici, sur le canapé. Vous n'attendrez pas longtemps. »

Il obéit de mauvaise grâce, et s'assit. Jones et moi, nous reprîmes nos cigares et notre conversation sans plus nous occuper de lui. Mais soudain la voix de Holmes nous interrompit.

« Je pense que vous pourriez m'offrir un cigare à moi aussi ! » dit-il.

Nous sursautâmes. C'était bien Holmes, assis près de nous, arborant un air doucement amusé.

« Holmes ! m'écriai-je. Vous ici ? Mais où est le vieil homme ?

— Le voici ! dit-il en montrant un tas de cheveux blancs. Il est ici tout entier ; la perruque, les moustaches, les sourcils, tout y est. Je pensais que mon déguisement était assez bon, mais je ne m'attendais pas à une réussite aussi éclatante.

— Ah ! le coquin ! s'écria Jones d'une voix enchantée. Vous auriez pu devenir un acteur, et quel acteur ! La toux est bien celle qu'on entend dans les taudis, et ces jambes chancelantes que vous arboriez valent bien dix livres par semaine. Tout de même, il me semblait que je connaissais certaine lueur dans ces yeux-là. Vous voyez, Holmes, nous ne vous avons pas laissé nous échapper facilement !

— J'ai travaillé tout le jour sous cet accoutrement, dit Holmes en allumant son cigare. C'est que, voyez-vous, un bon nombre de gens du milieu commencent à me connaître ; surtout depuis que notre ami s'est mis à publier quelques histoires où mon nom était en bonne place. Il me faut donc partir déguisé sur le sentier de la guerre. Vous avez reçu mon télégramme ?

— Oui, c'est lui qui m'a amené ici.

— Votre affaire a-t-elle progressé ?

— Tout s'est effondré. Il m'a fallu relâcher deux des prisonniers, et je n'ai pas de preuves contre les deux autres.

— Ne vous en faites pas. Nous vous en donnerons deux autres à la place. Mais à condition que vous acceptiez mes consignes. Je vous abandonne tout le mérite officiel, en échange de quoi vous devrez agir comme je vous le demande. Sommes-nous d'accord ?

— Absolument, pourvu que vous m'aidiez à retrouver les malfaiteurs.

— Bien. En ce cas, je voudrais tout d'abord qu'un bateau de police rapide, une chaloupe à vapeur, se trouve au bas des escaliers de Westminster ce soir à sept heures.

— Ce sera facile. Il y en a toujours une dans les parages ; mais je peux traverser la rue et téléphoner pour être certain.

— Ensuite, je voudrais deux hommes solides, en cas de résistance.

— Il y en aura deux ou trois dans le bateau. Quoi d'autre ?

— Quand nous aurons capturé les hommes, vous nous laisserez le trésor. Je pense que mon ami, ici présent, aurait grand plaisir à présenter la cassette à la jeune femme à qui revient, de droit, la moitié du contenu. Permettons-lui d'être la première à l'ouvrir. Hein, Watson ?

— J'en serai très heureux.

— Voilà une procédure qui n'est pas dans les règles, fit Jones en secouant la tête. Cependant, comme tout est irrégulier dans cette affaire... Je suppose que nous n'aurons qu'à fermer les yeux. Mais ensuite, le trésor devra être remis aux autorités jusqu'à la fin de l'enquête officielle.

— Certainement ! Rien de plus normal. Un autre point : j'aimerais beaucoup que Jonathan Small me donne, lui-même, quelques détails. Vous savez que j'aime faire mon enquête jusqu'au bout et éclaircir les moindres aspects d'une affaire. Y aurait-il objection à ce que j'aie une entrevue officieuse avec cet homme ? Elle pourrait avoir lieu ici ou autre part, du moment que l'individu sera sous bonne garde.

— Vous êtes maître de la situation, ma foi ! Je n'ai encore aucune preuve de l'existence de ce Jonathan Small. Cependant, je ne vois pas comment je vous refuserais une entrevue si vous parvenez à l'attraper.

— Nous sommes donc bien d'accord sur ces questions ?

— Absolument. Y a-t-il autre chose ?

— Oui, mais c'est seulement pour insister afin que vous dîniez avec nous. Le repas sera prêt dans une demi-heure : j'ai des huîtres, une couple de coqs de bruyère et quelques vins blancs sélectionnés. Watson, vous n'avez jamais encore apprécié mes talents ménagers ! »

X

LA FIN DE L'INSULAIRE

Ce fut un joyeux dîner. Holmes, quand il le voulait, était un très brillant causeur ; ce soir-là, il le voulut. Il semblait être dans un état d'exaltation nerveuse et il se montra étincelant. Passant rapidement d'un sujet à l'autre, « Mystères » du Moyen Age, violons de Stradivarius, bouddhisme à Ceylan, navires de guerre de l'avenir, poterie médiévale, il traitait chacun d'eux comme s'il en eût fait une étude approfondie. Sa belle humeur contrastait avec la sombre dépression des deux derniers jours. Athelney Jones s'avéra d'un commerce agréable pendant ces heures de détente, et c'est en bon vivant qu'il prit part au repas. Quant à moi, j'étais soulagé à la pensée que nous approchions de la fin de l'affaire, et je me laissai aller à la joie communicative de Holmes. Nul d'entre nous ne parla, durant le repas, du drame qui nous avait réunis.

Lorsque la table fut desservie, Holmes jeta un coup d'œil sur sa montre, et remplit trois verres de porto.

« Une tournée pour le succès de notre petite expédition ! ordonna-t-il... Et maintenant, il est grand temps de partir. Avez-vous un pistolet, Watson ?

— J'ai mon vieux revolver d'ordonnance dans mon bureau.

— Vous feriez mieux de le prendre. Il faut tout prévoir. J'aperçois la voiture à notre porte. Je l'avais demandée pour six heures et demie. »

C'est un peu après sept heures que nous atteignîmes l'embarcadère de Westminster. Holmes examina d'un œil critique la chaloupe qui nous attendait.

« Y a-t-il quelque chose qui révèle son appartenance à la police ?

— Oui, cette lumière verte sur le côté.

— Alors, il faudrait l'enlever. »

Ce petit changement effectué, nous prîmes place dans le bateau et on lâcha les amarres. Jones, Holmes et moi, étions installés à la poupe. Il y avait un homme à la barre, un autre aux machines, et deux solides inspecteurs à l'avant.

« Où allons-nous ? demanda Jones.

— Vers la Tour. Dites-leur de s'arrêter en face des chantiers Jacobson. »

Notre bateau était de toute évidence très rapide. Nous dépassâmes de longs trains de péniches chargées, aussi vite que si celles-ci étaient amarrées. Holmes eut un sourire de satisfaction en nous voyant rattraper une autre chaloupe et la laisser loin derrière nous.

« Nous devrions pouvoir rattraper n'importe qui sur ce fleuve ! dit-il.

— C'est peut-être beaucoup dire. Mais il n'y a pas beaucoup de chaloupes qui puissent nous distancer.

— Il nous faudra intercepter l'*Aurore* qui a la

réputation de filer comme une mouette. Je vais vous expliquer comment j'ai retrouvé le bateau, Watson. Vous souvenez-vous comme j'étais ennuyé d'être arrêté par une si petite difficulté ?

— Oui.

— Eh bien, je me suis complètement délassé l'esprit en me plongeant dans une analyse chimique. Un de nos plus grands hommes d'Etat a dit que le meilleur repos était un changement de travail. Et c'est exact ! Lorsque je suis parvenu à dissoudre l'hydrocarbone sur lequel je travaillais, je revins au problème Sholto, et passai à nouveau en revue toute la question. Mes garçons avaient fouillé sans résultat la rivière tant en amont qu'en aval. La chaloupe ne se trouvait à aucun embarcadère et n'était point retournée à son port d'attache. Il était improbable qu'elle eût été sabordée pour effacer toute trace. Je gardais cependant cette hypothèse à l'esprit en cas de besoin. Je savais que ce Small était un homme assez rusé, mais je ne le croyais pas capable de finesse. Je réfléchissais ensuite au fait qu'il devait se trouver à Londres depuis quelque temps ; nous en avions la preuve dans l'étroite surveillance qu'il exerçait sur Pondichery Lodge. Il lui était, en ce cas, très difficile de partir sur-le-champ ; il avait besoin d'un peu de temps, ne serait-ce que d'une journée, pour régler ses affaires. C'était tout du moins dans le domaine des probabilités.

— Cela me semble assez arbitraire ! dis-je. N'était-il pas plus probable qu'il eût tout arrangé avant d'entreprendre son coup ?

— Non, ce n'est pas mon avis. Sa tanière constituait une retraite trop précieuse pour qu'il eût songé à l'abandonner avant d'être sûr de pouvoir s'en passer. Et puis il y a un autre aspect de la question : Jonathan a dû penser que le singulier aspect de son complice, difficilement dissimulable de quelque manière qu'on l'habille, pourrait exciter la curiosité et peut-être même provoquer dans quelques esprits un rapprochement avec la tragédie de Norwood. Il est bien assez intelligent pour y avoir pensé. Ils étaient sortis nuitamment de chez eux, et Small devait tenir à être de retour avant le jour. Or, il était trois heures passées lorsqu'ils parvinrent au bateau ; une heure plus tard, il ferait jour, les gens commenceraient à circuler... J'en ai conclu, par voie de conséquence, qu'ils n'étaient pas allés très loin. Ils ont grassement payé Smith pour qu'il tienne sa langue et garde la chaloupe prête pour l'évasion finale ; et ils se sont hâtés avec le trésor vers leur logis. Deux ou trois jours plus tard, après avoir étudié de quelle manière les journaux présentaient l'affaire, et ayant ainsi vérifié si les soupçons s'orientaient de leur côté, ils s'en iraient en chaloupe, sous couvert de la nuit, vers quelque navire mouillé à Gravesend ou Downs ; ils avaient déjà certainement pris leur billet pour l'Amérique ou les Colonies.

— Mais la chaloupe ? Ils ne pouvaient la prendre chez eux !

— D'accord ! Je décidai donc que la chaloupe ne devait pas être loin, bien qu'elle fût invisible. Je me suis mis alors à la place de Small et j'ai considéré le problème sous son angle, à lui. Il se rendait probablement compte du danger qu'il y aurait à renvoyer la chaloupe à son port d'attache où à la garder dans un embarcadère si la police venait à découvrir ses traces. Comment, alors, dissimuler le bateau et en même temps le maintenir à sa portée, prêt à être utilisé ? Comment ferais-je moi-même à sa place et dans des circonstances analogues ? Je cherchai, et je ne trouvai qu'un seul moyen : Confier la chaloupe à un chantier de constructions ou de réparations, avec ordre d'effectuer une légère modification. L'embarcation se trouverait ainsi sous quelque hangar, et donc parfaitement cachée. Et pourtant, elle pourrait être en quelques heures de nouveau à ma disposition.

— Voilà qui semble assez simple.

— Ce sont précisément les choses très simples qui ont le plus de chances de passer inaperçues. Je décidai donc de mettre cette idée à l'épreuve. Vêtu de ces inoffensifs vêtements de marin, je m'en fus aussitôt enquêter dans tous les chantiers en aval du fleuve. Résultat nul dans quinze d'entre eux. Mais au seizième, celui de Jacobson, j'appris que l'*Aurore* leur avait été confiée deux jours auparavant par un homme à la jambe de bois qui se plaignait du gouvernail. « Il n'avait absolument rien, ce gouvernail ! me dit le contremaître. Tiens, la voilà, c'te chaloupe ; celle avec les filets rouges. »

« A ce moment, qui apparut ? Mordecai Smith, le patron disparu. Il était complètement soûl. Je ne l'aurais évidemment pas reconnu, s'il n'avait crié à tue-tête son nom et celui de son bateau. « Il me la faut pour huit heures précises, entendez-vous ? J'ai deux messieurs qui n'attendront pas. »

« Ils avaient dû le payer généreusement. Il débordait d'argent et distribua libéralement des shillings aux ouvriers. Je le pris en filature pendant quelque temps, mais il disparut dans un bistrot. Je revins alors au chantier et, rencontrant sur ma route un de mes éclaireurs, je le postai en sentinelle près de la chaloupe. Je lui dis de se tenir tout au bord de l'eau et d'agiter son mouchoir lorsqu'il les verrait partir. Placés comme nous le serons, il serait bien étrange que nous ne capturions pas tout notre monde et le trésor.

— Que ces hommes soient, ou non, les bons, vous avez tout préparé très soigneusement, dit Jones. Mais si j'avais pris l'affaire en main, j'aurais établi un cordon de police autour du chantier de Jacobson, et arrêté mes types dès leur venue.

— C'est-à-dire jamais. Car Small est assez astucieux. Il enverra un éclaireur, et à la moindre alerte, il se tapira pendant une semaine.

— Mais vous auriez pu continuer à filer Mordecai Smith, et découvrir ainsi leur retraite, objectai-je.

— Dans ce cas, j'aurais perdu ma journée. Je crois qu'il n'y a pas plus d'une chance sur cent pour que Smith connaisse leur retraite. Pourquoi irait-il poser des questions, aussi longtemps qu'il est bien payé et qu'il peut boire ? Ils lui font parvenir leurs instructions. Non, j'ai réfléchi à toutes les manières d'agir, et celle-ci est la meilleure. »

Pendant cette conversation, nous avions franchi la longue série de ponts qui traversent la Tamise. Comme nous passions au cœur de la ville, les derniers rayons du soleil doraient la croix située au sommet de l'église Saint-Paul. Le crépuscule s'étendit avant notre arrivée à la Tour.

« Voici le chantier Jacobson, dit Holmes, en désignant un enchevêtrement de mâts et de cordages du côté de Surrey. Remontons et redescendons le fleuve à vitesse réduite. Croisons sous couvert de ce train de péniches. »

Il sortit une paire de jumelles de sa poche, et examina quelque temps la rive opposée.

« J'aperçois ma sentinelle à son poste, continua-t-il. Mais elle ne tient pas de mouchoir.

— Et si nous descendions un peu le fleuve et les attendions là ? » proposa Jones avec empressement.

Nous étions tous impatients, maintenant ; même les policiers et les mécaniciens qui n'avaient pourtant qu'une très vague idée de ce qui nous attendait.

« Nous n'avons pas le droit de prendre le moindre risque, répondit Holmes. Il y a dix chances contre une pour qu'ils descendent le fleuve, évidemment, mais nous n'avons aucune certitude. D'où nous sommes, nous pouvons surveiller l'entrée des chantiers, alors qu'eux peuvent à peine nous distinguer. La nuit sera claire et nous aurons toute la lumière désirable. Il nous faut rester ici. Voyez-vous les gens, là-bas, grouiller sous les lampadaires ?

— Ils sortent du chantier. La journée est finie.

— Ils ont l'air bien dégoûtants ! Et dire que chacun d'eux recèle en lui une petite étincelle d'immoralité ! A les voir, on ne le supposerait pas : il n'y a pas de probabilité *a priori*. L'homme est une étrange énigme !

— Quelqu'un dit de l'homme qu'il est une âme cachée dans un animal, lui dis-je.

— Winwood Read est intéressant sur ce sujet, dit Holmes. Il remarque que, tandis que l'individu pris isolément est un puzzle insoluble, il devient, au sein d'une masse, une certitude mathématique. Par exemple, vous ne pouvez jamais prédire ce que fera tel ou tel, mais vous pouvez prévoir comment se comportera un groupe. Les individus varient, mais la moyenne reste constante. Ainsi parle le statisticien. Mais est-ce que je ne vois pas un mouchoir ? Voilà : il y a là-bas quelque chose de blanc qui bouge.

— Oui, c'est votre sentinelle ! criai-je. Je la vois distinctement.

— Et voici l'*Aurore* ! s'exclama Holmes. Elle file comme le diable ! En avant toute, mécanicien ! Dirigez-vous vers cette chaloupe avec la lumière jaune. Nom d'un chien ! Je ne me pardonnerais jamais qu'elle fût plus rapide que nous. »

Elle s'était faufilée à travers l'entrée des chantiers, en passant derrière deux ou trois petites embarcations. Elle avait ainsi atteint sa pleine vitesse, ou presque, avant qu'on l'eût aperçue. A toute vapeur, elle descendait maintenant le fleuve en longeant d'assez près la rive. Jones la regarda et secoua la tête.

« Elle va très vite ! dit-il. Je doute que nous la rattrapions.

— Il *faut* la rattraper ! cria Holmes. Bourrez les chaudières, mécaniciens ! Faites-leur donner tout ce qu'elles peuvent ! Il faut qu'on les ait, au risque de brûler le bateau ! »

Nous commencions d'accélérer l'allure, à notre tour. Les chaudières rugissaient, les puissantes machines sifflaient et vibraient comme un grand cœur métallique. La proue acérée coupait les eaux en rejetant de chaque côté deux vagues mugissantes. A chaque pulsation des machines, la chaloupe bondissait en frémissant comme une chose vivante. A l'avant, notre grande lanterne jaune projetait un long rayon de lumière vacillante. Une tache sombre sur

l'eau indiquait la position de l'*Aurore* ; le bouillonne-
ment de l'écume blanche derrière elle était révéla-
trice de son allure forcenée. Nous fonçâmes plus
vite. Nous dépassions les péniches, les remorqueurs,
les navires marchands, nous nous glissions derrière
celui-ci, nous contournions celui-là. Des voix surgies
de l'ombre nous interpellaient. Mais l'*Aurore* filait
toujours, et toujours nous la poursuivions.

« Allons, les hommes ! Enfournez, enfournez ! »
cria Holmes, regardant dans la chambre des machines en bas ; les chaudières rougeoyantes se réfléchis-
saient sur son visage impatient. « Donnez toute la
vapeur.

— Je crois que nous la rattrapons un peu, dit
Jones, dont le regard ne quittait pas l'*Aurore*.

— J'en suis sûr ! dis-je. Nous l'aurons rejointe d'ici
quelques minutes. »

Juste à ce moment, un remorqueur tirant trois
péniches se mit entre nous, comme si un malin génie
l'eût placé là, tout exprès ! Nous n'évitâmes la colli-
sion qu'en poussant à fond le gouvernail. Le temps
de contourner le convoi et de remettre le cap sur les
fugitifs, l'*Aurore* avait regagné deux cents mètres.
Elle restait bien en vue, cependant ! La lumière
incertaine et trouble du crépuscule cédait la place à
une nuit claire et étoilée. Les chaudières donnaient à
plein ; l'énorme force qui nous propulsait faisait
vibrer et grincer notre coque légère. Nous avions
foncé à travers le Pool, dépassé les entrepôts West
India, descendu le long de Deptford Reach, et
remonté à nouveau après avoir contourné l'île des
Chiens. Jones prit l'*Aurore* dans le faisceau de son
phare ; nous pûmes alors voir distinctement les silhouettes sur le pont. Un homme était assis à la
poupe, tenant entre ses jambes un objet noir sur
lequel il se penchait. A côté de lui, reposait une
masse sombre qui ressemblait à un terre-neuve. Le
fils Smith tenait la barre, tandis que son père, dont la
silhouette au torse nu se profilait contre le rougeoie-
ment du brasier, enfournait de grandes pelletées de

charbon à une cadence infernale. Peut-être avaient-
ils eu des doutes au début quant à nos intentions ;
mais à nous voir imiter chacun de leurs tournants,
chacun de leurs zigzags, ils ne pouvaient plus en
conserver. A Greenwich, nous nous trouvions à environ cent mètres derrière elle. A Blackwall, nous
n'étions pas à plus de quatre-vingts mètres. J'ai, au
cours de ma carrière mouvementée, chassé de nombreuses créatures en de nombreux pays, mais jamais
le sport ne m'a causé l'excitation sauvage de cette
folle chasse à l'homme au milieu de la Tamise. Régulièrement, mètre par mètre, nous nous rappro-
chions. Dans le silence de la nuit, nous pouvions
entendre le halètement et le martèlement des machines. L'homme sur le pont était toujours accroupi ; il
bougeait ses bras comme s'il était occupé à quelque
besogne ; de temps en temps, il mesurait du regard
la distance qui nous séparait encore et qui diminuait
implacablement. Jones les héla, et leur cria de stop-
per. Nous n'étions plus qu'à quatre longueurs. Les
deux chaloupes filaient toujours à une vitesse prodigieuse. Devant nous, le fleuve s'étalait librement,
avec Barking Level sur un côté et les marais désolés
de Plumstead de l'autre. A notre appel, l'homme sur
le pont sauta sur ses pieds et nous montra les deux
poings, tout en jurant d'une voix rauque. Il était
d'une bonne taille et puissamment bâti. Comme il
nous faisait face, debout, les jambes légèrement
écartées pour se maintenir en équilibre, je pus voir
que depuis la cuisse sa jambe droite n'était qu'un
pilon de bois. Au son de ses cris rageurs, la masse
sombre à côté de lui se mit à bouger. Il s'en dégagea
un petit homme noir, le plus petit que j'aie jamais
vu ; il avait la tête difforme et une énorme masse de
cheveux ébouriffés. Holmes avait déjà sorti son
revolver à la vue de cette créature monstrueuse, et je
l'imitai. Le sauvage était enveloppé dans une sorte de
cape sombre ou de couverture, qui ne laissait à
découvert que le visage ; mais ce visage aurait suffi à
empêcher un homme de dormir. Ses traits étaient

profondément marqués par la cruauté et la bestia-
lité. Ses petits yeux luisaient et brûlaient d'une sombre lumière ; ses lèvres épaisses se tordaient en un
rictus abominable ; ses dents grinçaient et cla-
quaient à notre intention avec une fureur presque
animale.

« Faites feu s'il lève la main ! » dit Holmes doucement.

Nous étions à moins d'une longueur maintenant,
et près d'atteindre notre proie. Je revois encore les
deux hommes tels qu'ils se tenaient alors, à la
lumière de notre lanterne : l'homme blanc, les jambes écartées, hurlant insultes et jurons ; et ce gnome
avec sa face hideuse, et ses fortes dents jaunes qui
faisaient mine de nous happer.

C'était une chance que nous pussions le voir aussi
distinctement ! Car sous nos yeux il sortit de dessous
sa couverture un court morceau de bois rond, ressemblant à une règle d'écolier, et le porta à ses lèvres.
Nos revolvers claquèrent en même temps. Il tour-
noya, jeta les bras en l'air, et tomba de côté, dans le
courant, avec une sorte de toux étranglée. J'aperçus
un instant ses yeux menaçants parmi le blanc
remous des eaux. Mais au même moment, l'homme
à la jambe de bois se jeta sur le gouvernail, et le
braqua à fond ; la chaloupe pivota et fila droit sur la
rive sud, tandis que nous la dépassions, frôlant sa
poupe à moins d'un mètre. Un instant plus tard,
nous avions modifié notre course, mais déjà ils
avaient presque atteint le rivage. C'était un endroit
sauvage et désolé. La lune brillait sur cette grande
étendue marécageuse, pleine de mares stagnantes et
de végétation croupissante. Avec un heurt sourd, la
chaloupe s'échoua sur la rive boueuse, proue en l'air,
poupe dans l'eau. Le fugitif sauta du bateau, mais
son pilon s'enfonça aussitôt dans le sol spongieux. Il
se débattit, se tordit de mille manières ; en vain ! Il
ne pouvait ni avancer ni reculer d'un pas. Hurlant de
rage impuissante, il frappait frénétiquement la boue
de son autre jambe. Mais ses efforts ne faisaient

qu'enfoncer plus profondément le pilon. Lorsque notre chaloupe vint atterrir tout près de lui, il était si fermement ancré dans la vase que nous fûmes obligés de passer une corde autour de sa poitrine afin de le tirer et de le ramener à nous, comme un poisson. Les deux Smith, père et fils, étaient assis renfrognés, dans leur chaloupe, mais ils montèrent très docilement à notre bord lorsque Jones le leur commanda. Puis il fallut tirer l'*Aurore*, que nous prîmes en remorque. Un solide coffre de fer, de fabrication indienne, se tenait sur le pont. C'était évidemment celui qui avait contenu le trésor si funeste de Sholto. Il était d'un poids considérable et nous le transportâmes avec précaution dans notre propre cabine. La serrure était dépourvue de clef. Remontant lentement la rivière, nous dirigeâmes notre projecteur tout alentour, mais sans voir la trace du petit monstre. Quelque part au fond de la Tamise, dans le limon, reposent les os de cet étrange touriste.

« Regardez donc ici ! dit Holmes en désignant l'écoutille boisée. C'est tout juste si nous avons été assez rapides avec nos revolvers ! »

Là, en effet, juste derrière l'endroit où nous nous étions tenus, était fichée l'une de ces fléchettes meurtrières que nous connaissions si bien. Elle avait dû passer entre nous à l'instant où nous avions fait feu. Holmes, suivant sa manière tranquille, sourit et se contenta de hausser les épaules. Mais quant à moi, j'avoue que j'eus le cœur retourné à la pensée de l'horrible mort qui nous avait frôlés cette nuit de si près.

XI

LE GRAND TRÉSOR D'AGRA

Notre prisonnier s'assit dans la cabine en face du coffre en fer pour la possession duquel il avait tant attendu et lutté. Il avait le regard hardi, le teint hâlé. Sa figure était parcourue par un réseau de rides ; ses traits burinés, couleur acajou, indiquaient une dure vie de plein air. Son menton barbu agressif témoignait qu'il n'était pas homme à se laisser facilement détourner de son but. Il devait avoir cinquante ans ; ses cheveux noirs bouclés étaient abondamment parsemés de fils gris. Détendu, son visage n'était pas déplaisant ; mais d'épais sourcils et la saillie du menton lui donnaient dans la fureur une expression terrible. Menottes aux mains, tête inclinée sur la poitrine, il était assis, et ses yeux vifs clignotaient vers le coffre, cause de tous ses méfaits. Dans son maintien rigide et contrôlé je crus discerner plus de tristesse que de colère. Il leva les yeux vers moi, une fois ; il y avait comme une étincelle d'humour dans son regard.

« Eh bien, je regrette que cette affaire en soit venue là, Jonathan Small ! dit Holmes en allumant un cigare.

— Et moi donc, monsieur ! répondit-il. Je ne crois pas que je parviendrai à me disculper du meurtre. Et pourtant je peux vous jurer sur la Bible que je n'ai jamais levé la main sur M. Sholto. C'est Tonga, ce chien d'enfer, qui lui a décoché une de ses damnées fléchettes. Je n'y ai absolument pas participé, monsieur ! J'étais aussi désolé que s'il avait été quelqu'un de ma famille. J'ai battu le petit diable avec le bout de la corde ; mais la chose était faite ; je ne pouvais plus y remédier.

— Tenez, prenez un cigare ! dit Holmes. Et vous feriez mieux d'avaler une gorgée de whisky, car vous êtes trempé. Mais, dites-moi, comment espériez-vous qu'un homme aussi petit et faible que ce noir puisse s'emparer de M. Sholto et le maintenir pendant que vous grimpiez avec la corde.

— Vous semblez en savoir autant que si vous aviez été là, monsieur. La vérité, c'est que j'espérais trouver la chambre vide. Je connaissais assez bien les habitudes de la maison, et M. Sholto descendait généralement dîner à cette heure-là. Je ne veux rien cacher dans cette affaire. Ma meilleure défense est encore de dire la simple vérité. Si ç'avait été le vieux major, c'est le cœur léger que je l'aurais envoyé de l'autre côté. Je l'aurais égorgé avec désinvolture : la même, tenez, que celle avec laquelle je fume ce cigare ! Quelle poisse ! Dire que je vais être condamné à cause du jeune Sholto !... Je n'avais vraiment aucun motif de me quereller avec lui !

— M. Athelney Jones, de Scotland Yard, est responsable de vous. Il va vous conduire chez moi. Je vous demanderai un récit véridique de l'histoire. Si vous êtes absolument franc, si vous ne dissimulez rien, j'espère pouvoir vous venir en aide. Je pense qu'il me sera possible de prouver que le poison agit d'une manière si foudroyante que l'homme était mort avant même que vous ayez atteint la chambre.

— Pour cela, il l'était, monsieur ! Jamais de mon existence, je n'ai reçu un tel choc que quand je l'ai vu, la tête sur son épaule, me regardant en ricanant pendant que j'entrais par la fenêtre. Cela m'a bien secoué, monsieur ! J'aurais à moitié tué Tonga s'il ne s'était enfui. C'est pour ça qu'il a laissé sa massue et quelques-unes de ses fléchettes, d'après ce qu'il m'a dit. Je suis sûr que cela vous a mis sur nos traces, hein ? Quoique je ne voie pas comment vous êtes parvenus à nous suivre jusqu'au bout. Je ne vous en porte pas rancune, vous savez ! Mais il est tout de même étrange que me voilà ici, alors que j'ai un droit légitime à posséder un demi-million de livres... J'ai passé la première moitié de ma vie à construire une digue dans les Andaman ; j'ai une bonne chance de passer la dernière à creuser des tranchées à Dartmoor ! Funeste jour que celui où j'ai vu Achmet le marchand et le trésor d'Agra ! Ce trésor, monsieur, a toujours été une malédiction pour ses détenteurs. Le marchand a été assassiné, le major Sholto a vécu dans la peur et la honte. Quant à moi, ce trésor ne m'a rapporté que toute une vie d'esclavage. »

A ce moment, Athelney Jones passa sa tête ronde :
« Mais c'est une vraie réunion de famille ! lança-t-il. Je crois, Holmes, que je vais goûter un peu de votre whisky. Eh bien, je pense que nous sommes en droit de nous féliciter mutuellement. Il est dommage que nous n'ayons pas pris l'autre vivant ; mais nous n'avions pas le choix ! En tout cas, Holmes, vous avouerez que nous les avons eus de justesse. Il a fallu donner toute la vapeur.

— Tout est bien qui finit bien, dit Holmes. Mais j'ignorais en effet que l'*Aurore* était si rapide.

— Smith dit que sa chaloupe est l'une des plus rapides sur le fleuve, et que s'il avait eu un autre homme aux machines pour l'aider, nous ne l'aurions jamais rattrapé. Il jure ne rien savoir du meurtre de Norwood.

— C'est vrai ! s'écria notre prisonnier. Je ne lui en ai pas soufflé mot. J'ai porté mon choix sur sa cha-loupe parce que j'avais entendu dire qu'elle filait comme le vent. Mais c'est tout. Je l'ai bien payé, et je lui avais promis une belle récompense s'il nous ame-nait à l'*Esmeralda*, à Gravesend, en instance de départ pour le Brésil.

— Eh bien, s'il n'a fait rien de répréhensible, nous veillerons à ce qu'il ne lui arrive pas de mal ! Nous sommes assez rapides lorsqu'il s'agit d'attraper des types, mais nous le sommes moins pour condam-ner. »

Il était divertissant de voir Jones se donner déjà des airs importants, maintenant que la capture était faite. J'aperçus un léger sourire sur le visage de Sher-lock Holmes, à qui ce changement d'attitude n'avait pas échappé.

« Nous allons arriver au pont de Vauxhall, dit

Jones. Docteur Watson, je vais vous mettre à terre avec le coffre au trésor. Je n'ai pas besoin de vous dire que, ce faisant, j'endosse une très grave responsabilité : ce n'est absolument pas dans les règles ! Mais la chose était convenue ; je ne me dédis pas. Mon devoir m'oblige cependant à vous faire accompagner par un inspecteur, à cause de la grande valeur de ce coffre. Vous irez en voiture, sans doute ?

— Oui, je me ferai conduire.

— Il est vraiment dommage qu'il n'y ait pas de clef, afin que l'on puisse procéder à un inventaire préliminaire. Vous serez obligé de forcer la serrure. Dites-moi, Small, où est la clef ?

— Au fond de la rivière.

— Hum ! Il était vraiment inutile de nous infliger cette contrariété supplémentaire : vous nous avez donné assez de mal ! En tout cas, docteur, je n'ai pas besoin de vous recommander la plus grande prudence. Ramenez-nous le coffre à Baker Street. Nous vous y attendrons avant de nous rendre au dépôt. »

Ils me débarquèrent à Vauxhall, moi et le lourd coffre de fer, plus un inspecteur costaud et sympathique. Une voiture nous conduisit chez Mme Cecil Forrester en moins d'un quart d'heure. La femme de chambre parut surprise d'une visite si tardive ; elle expliqua que Mme Forrester était sortie pour la soirée et rentrerait probablement très tard. Mais Mlle Morstan était dans le salon ; je me fis introduire au salon avec mon coffre ; l'inspecteur accepta de demeurer dans la voiture.

Elle était assise près de la fenêtre ouverte, habillée d'une robe blanche diaphane que relevait une touche écarlate au cou et à la taille. Adoucie par l'abat-jour, la lumière de la lampe éclairait harmonieusement son visage délicat, et donnait un éclat métallique aux boucles de son opulente chevelure. Appuyée au dossier de son fauteuil en rotin, un de ses bras pendant sur le côté, elle avait une pose triste et pensive. Pourtant, en m'entendant entrer, elle sauta sur ses pieds, et ses joues pâles s'enfiévrèrent de surprise et de plaisir.

« J'avais bien entendu une voiture s'arrêter devant la porte, fit-elle. J'ai pensé que Mme Forrester revenait bien tôt, mais je n'aurais jamais cru que ce pût être vous. Quelles nouvelles m'apportez-vous ?

— Mieux que des nouvelles ! » dis-je.

Et je déposai le coffre sur la table.

Mon cœur était lourd, et cependant je m'efforçai à la jovialité :

« Je vous apporte quelque chose qui vaut plus cher que toutes les nouvelles du monde. Je vous apporte une fortune. »

Elle jeta un coup d'œil sur la cassette.

« Ainsi donc, voilà le trésor ? » demanda-t-elle.

Sa voix exprimait un détachement ineffable.

« Oui, c'est le grand trésor d'Agra. Une moitié revient à Thaddeus Sholto, et l'autre vous appartient. Vous aurez chacun quelque deux cent mille livres. Vous représentez-vous ce que c'est ? Il y aura peu de jeunes filles en Angleterre qui seront plus riches que vous. N'est-ce pas merveilleux ? »

Sans doute avais-je un peu exagéré mes manifestations d'enthousiasme, et le ton de mes compliments n'était pas entièrement convaincant. Je la vis hausser légèrement le sourcil et me regarder curieusement.

« Si je l'ai, dit-elle, c'est bien grâce à vous ?

— Non pas ! répondis-je. Pas à moi, mais à mon ami Sherlock Holmes. Avec la meilleure volonté du monde, je n'aurais jamais pu démêler cet écheveau. D'ailleurs, nous avons bien failli perdre ce trésor en fin de compte...

— Asseyez-vous, docteur Watson. Je vous en prie, racontez-moi tout. »

Je lui narrai brièvement les événements tels qu'ils s'étaient déroulés depuis que je l'avais vue. La nouvelle méthode de recherches qu'avait employée Holmes, la découverte de l'*Aurore*, la venue d'Athelney Jones, nos préparatifs, et la course folle sur la

Tamise. Yeux brillants, lèvres frémissantes, elle écouta le récit de nos aventures. Lorsque je parlai de la fléchette qui nous avait manqués de si peu, elle devint pâle, comme si elle allait s'évanouir.

« Ce n'est rien ! murmura-t-elle, tandis que je lui tendais un verre d'eau. Rien qu'un léger malaise : ç'a été pour moi un choc quand j'ai compris que j'avais exposé mes amis à un aussi horrible péril.

— Ce n'est plus que du passé, répondis-je. Laissons de côté ces tristes détails. Parlons de quelque chose de plus gai : le trésor est là. Que pourrait-il y avoir de plus gai ? J'ai obtenu l'autorisation de l'amener avec moi, pensant qu'il pourrait vous plaire d'être la première à le voir.

— Cela m'intéresserait beaucoup ! » dit-elle.

Sa voix marquait peu d'empressement. Mais sans doute pensa-t-elle qu'il serait peu aimable de paraître indifférente devant un trophée qui avait été si difficile à conquérir.

« Quel beau coffre ! fit-elle, en l'examinant. Je suppose qu'il a été confectionné aux Indes ?

— Oui, à Bénarès.

— Et si lourd ! s'exclama-t-elle en essayant de le soulever. Le coffre à lui seul doit avoir de la valeur. Où est la clef ?

— Small l'a jetée dans la Tamise, répondis-je. Il va falloir emprunter l'un des tisonniers de Mme Forrester. »

Il y avait sur le devant du coffre, un large et solide fermoir qui représentait un Bouddha assis. Je parvins à introduire par-dessous l'extrémité du tisonnier, et j'exerçai une action de levier. La serrure céda avec un claquement bruyant. D'une main tremblante, je soulevai le couvercle. Nous restâmes tous deux pétrifiés : le coffre était vide !

Rien d'étonnant à ce qu'il fût si lourd. Le fer forgé, épais de près de deux centimètres, l'enveloppait complètement : il était soigneusement fait, massif, et robuste ; le coffre avait été certainement fabriqué dans le but de contenir des objets de grand prix.

Mais à l'intérieur, pas le moindre fragment, pas le plus petit débris de métal ou de pierre précieuse. Le coffre était absolument et complètement vide.

« Le trésor est perdu », dit Mlle Morstan avec un grand calme.

Lorsque j'entendis ces mots, et que je compris leur plein sens il me sembla qu'une grande ombre s'éloignait de mon âme. J'ignorais à quel point ce trésor d'Agra avait pesé sur moi : je ne m'en rendis compte qu'au moment où je le vis enfin écarté. C'était égoïste, sans aucun doute ! C'était déloyal, méchant, de ma part ! Mais je ne pensais plus qu'à une seule chose : le mur d'or avait disparu entre nous.

« Merci, mon Dieu ! » m'écriai-je du plus profond de mon cœur.

Elle eut un sourire furtif, et me regarda d'un air interrogateur :

« Pourquoi dites-vous cela ?

— Parce qu'à nouveau vous voici à ma portée, dis-je, en posant ma main sur la sienne. Parce que, Mary, je vous aime : aussi sincèrement que jamais homme aima une femme. Parce que ce trésor avec toute votre richesse me scellait les lèvres. Maintenant qu'il a disparu, je puis vous dire combien je vous aime. Voilà pourquoi, j'ai dit : « Merci, mon Dieu. »

— Alors dans ce cas, moi aussi, je dis : « Merci, mon Dieu », murmura-t-elle.

Quelqu'un avait sans doute perdu un trésor cette nuit-là ; mais moi, je venais d'en conquérir un.

XII

L'ÉTRANGE HISTOIRE DE JONATHAN SMALL

C'était sûrement un trésor de patience que devait posséder l'inspecteur qui m'attendait dans la voiture, car je m'attardai longtemps près de la jeune fille. Mais le visage du policier s'assombrit, lorsque je lui montrai le coffre vide.

« Zut ! Voilà la récompense disparue ! fit-il d'un ton maussade. Pas d'argent, pas de prime. Le travail de cette nuit aurait bien rapporté dix shillings chacun à Sam Brown et à moi, si le trésor avait été retrouvé.

— M. Thaddeus Sholto est riche ! dis-je. Il veillera à ce que vous soyez récompensés, même sans trésor. »

Mais l'inspecteur secoua la tête d'un air abattu.

« C'est du mauvais travail ! répéta-t-il. Et M. Athelney pensera la même chose. »

Il ne se trompait pas. Le détective pâlit lorsque, parvenu à Baker Street, je lui montrai le coffre vide. Tous trois, Holmes, le prisonnier et lui, venaient d'arriver ; ils avaient modifié leurs plans et décidé de se présenter à un commissariat sur leur chemin. Mon ami était vautré dans le fauteuil avec sa nonchalance coutumière, tandis que Small se tenait droit sur sa chaise. Comme j'exhibai le coffre vide, il s'adossa confortablement pour éclater de rire.

« Voilà encore un de vos méfaits, Small ! dit Athelney Jones furieux.

— Oui ! je l'ai planqué dans un endroit d'où vous ne pourrez jamais le sortir ! cria-t-il. Ce trésor m'appartient ; puisque je ne pouvais en jouir, j'ai pris bougrement soin à ce que personne ne le récupère... Je vous dis que pas un être humain au monde n'y a droit en dehors de trois bagnards en train de pourrir aux Andaman, et de moi-même. Je ne peux pas en jouir, et eux non plus. J'ai toujours agi pour eux

autant que pour moi ! Le Signe des Quatre a toujours existé entre nous. C'est pourquoi je suis sûr
qu'ils m'approuveraient d'avoir jeté le trésor dans la
Tamise plutôt que de le voir tomber entre les mains
d'un parent de Sholto ou de Morstan. Ce n'est tout de
même pas pour les rendre riches qu'Achmet est
mort ! Vous trouverez le trésor là où se trouvent déjà
la clef et le petit Tonga. Lorsque j'ai compris que
votre chaloupe nous rattraperait sans faute, j'ai
lancé les joyaux dans la flotte. Résignez-vous, il n'y
aura pas de roupies pour vous !

— Vous essayez de nous tromper, Small ! dit
Athelney Jones sévèrement. Si vous aviez voulu jeter
le trésor dans la Tamise, il vous aurait été plus facile
d'y jeter tout le coffre.

— Plus facile pour moi de le jeter, mais plus facile
pour vous de le repêcher, hein ? rétorqua-t-il avec un
regard rusé. L'homme qui était assez adroit pour
m'attraper l'aurait été suffisamment encore pour
retirer du fond du fleuve un coffre en fer. Ce sera plus
difficile maintenant, car ils sont éparpillés sur plus
de huit kilomètres. Dame, j'ai eu le cœur brisé en les
jetant ! J'étais à moitié fou lorsque j'ai vu que vous
alliez nous rejoindre. Mais il ne servait à rien de se
lamenter. Dans ma vie, j'ai connu des hauts et des
bas, et j'ai appris à ne pas pleurer devant les pots
cassés.

— Vous avez fait là une chose très grave, Small !
dit le détective. Si vous aviez aidé la justice au lieu de
la contrarier ainsi, vous en auriez bénéficié au cours
de votre jugement !

— La justice ! gronda l'ancien bagnard. Une belle
justice, oui ! A qui appartient ce butin, si ce n'est à
nous ? Quelle justice est-ce donc qui demande que je
l'abandonne à des gens qui n'y ont aucun droit ?
Moi, je l'avais gagné ! Vingt longues années dans ces
marécages dévastés par la fièvre, au travail tout le
jour sous les palétuviers, enchaîné toute la nuit dans
des baraques repoussantes de saleté, harcelé par les
moustiques, secoué par les fièvres, malmené par

tous ces gardes noirs trop heureux de s'en prendre aux Blancs : Voilà ! Voilà comment j'ai conquis le trésor d'Agra. Et vous venez me parler de justice parce que je ne peux supporter l'idée d'avoir tant souffert à seule fin qu'un autre en profite ? Mais j'aimerais mieux être pendu dix fois ou avoir dans la peau une des fléchettes de Tonga, plutôt que de vivre dans une cellule en sachant qu'un autre homme prend ses aises dans un palais grâce à une fortune qui m'appartient ! »

Small s'était départi de son impassibilité. Laissant libre cours à ses sentiments, débitant son discours en un torrent de mots bousculés, il avait des yeux flamboyants ; ses mains s'agitaient avec passion et les menottes s'entrechoquaient bruyamment. A voir cette fureur déchaînée, je compris que la terreur qui avait saisi le major Sholto à l'annonce de son évasion était fort bien fondée.

« Vous oubliez que nous ne savons rien de tout cela, dit Holmes tranquillement. Nous n'avons pas entendu votre histoire et ne pouvons juger si le bon droit était originellement de votre côté.

— Monsieur, vous m'avez traité avec humanité. Pourtant, c'est à vous que je suis redevable de ces bracelets... Allez, je ne vous en veux pas ! C'est la règle du jeu... Je n'ai aucune raison de vous taire mon histoire si vous désirez la connaître. Ce que je vais vous dire est la vérité du Bon Dieu, je vous l'affirme. Oui, merci, posez le verre à côté de moi ; j'aurai peut-être la gorge sèche.

« Je suis né près de Pershore, dans le Worcestershire. Si vous allez y voir, vous trouverez un tas de Small par là-bas. J'ai souvent eu l'idée d'aller faire un tour dans la région ; mais, comme à la vérité je n'ai jamais été un motif d'orgueil pour ma famille, je me demande si l'on aurait été très heureux de me revoir ! Ce sont tous des petits fermiers bien établis, allant à l'église, bien connus, bien respectés dans les environs. Moi, en revanche, j'ai toujours été un peu tête brûlée. Enfin, vers l'âge de dix-huit ans, je ne leur ai plus causé d'ennuis. Mêlé à une violente bagarre au sujet d'une fille, je ne pus m'en sortir qu'en m'engageant dans le Troisième des Buffs, qui était sur le point de partir pour les Indes.

« Cependant, je n'étais pas destiné à demeurer longtemps militaire. J'avais juste fini d'apprendre le pas de l'oie et le maniement de mon mousqueton, lorsque je fus assez fou pour prendre un bain dans le Gange. Heureusement pour moi, John Holder, le sergent de la Compagnie, était dans l'eau au même moment, et c'était l'un des meilleurs nageurs de l'armée. J'étais à mi-chemin de l'autre rive lorsqu'un crocodile m'attrapa la jambe droite qu'il sectionna au-dessus du genou aussi proprement qu'un chirurgien. Je me suis évanoui sous le choc, avec l'hémorragie, et j'aurais coulé, si Holder ne m'avait rattrapé et ramené au rivage. Je suis resté cinq mois à l'hôpital. Lorsque enfin j'en suis sorti, boitant avec ce pilon de bois attaché à mon moignon, je me suis trouvé réformé et inapte à toute occupation active.

« Comme vous voyez, la malchance déjà ne m'épargnait pas. Je n'étais plus qu'un infirme inutile, et je n'avais pourtant pas encore vingt ans. Cependant mon infortune me valut bientôt un bienfait. Un type, Abel White, qui était venu pour des plantations d'indigo, cherchait un contremaître pour surveiller les indigènes et les faire travailler. C'était un ami de notre colonel, lequel s'intéressait à moi depuis mon accident. Abrégeons une longue histoire : le colonel appuya chaleureusement ma candidature, et, comme le travail se faisait la plupart du temps à cheval, mon infirmité n'entrait pas en ligne de compte ; mon moignon était en effet assez long pour me permettre de rester bien en selle. Mon travail consistait à parcourir la plantation à cheval, à surveiller les hommes au travail, et à signaler les fainéants. Le salaire était convenable, mon logement confortable ; dans l'ensemble, je n'aurais pas été mécontent de passer le reste de ma vie dans la plantation d'indigo. M. Abel White était un homme de cœur. Il venait souvent me rendre visite et fumer une pipe avec moi, car là-bas, les Blancs sont plus amicaux les uns envers les autres qu'on ne le sera jamais chez nous.

« Mais il était dit que je n'aurais jamais longtemps la chance pour moi. Soudain, sans signe précurseur, la grande révolte éclata. Le mois précédent, l'Inde était aussi tranquille et paisible en apparence que le Surrey ou le Kent. Trente jours plus tard, le pays était un véritable enfer livré à deux cent mille diables noirs. Evidemment, vous connaissez la question, messieurs ; mieux que moi, probablement, car la lecture n'est pas mon fort ! Je sais seulement ce que j'ai vu de mes propres yeux. Notre plantation était située à Muttra, au bord des provinces du Nord-Ouest. Nuit après nuit, le ciel s'embrasait à la lueur des bungalows en flammes. Jour après jour, de petites caravanes d'Européens passaient à travers notre propriété avec femmes et enfants, en route pour Agra où se trouvaient les troupes les plus proches. Abel White était un homme têtu. Il s'était mis dans la tête que les proportions de la révolte avaient été exagérées, et que celle-ci s'éteindrait aussi soudainement qu'elle s'était déclenchée. Assis dans sa véranda, il sirotait tranquillement son whisky, fumait ses cigares, tandis que le pays flambait autour de lui. Dawson et moi, nous sommes restés avec lui bien sûr ! Dawson et sa femme s'occupaient de l'économat et tenaient les livres. Et puis, un beau jour, vint la catastrophe. J'avais été inspecter une plantation assez lointaine ; en revenant lentement dans la soirée, mes yeux tombèrent sur une sorte de paquet qui gisait au fond d'un fossé. Je m'approchai pour voir ce que c'était. Je devins glacé jusqu'aux os en reconnaissant la femme de Dawson, complètement lacérée, et à moitié dévorée par les chacals et les chiens sauvages. Un peu plus loin sur la route, je trouvai Dawson lui-même, étalé le visage dans la poussière, un revolver vide dans la main. Devant lui il y avait quatre corps de cipayes les uns sur les autres. Je tirai sur mes brides, ne sachant plus de quel côté me diriger, lorsque je vis une épaisse fumée s'élever du bungalow d'Abel White ; les flammes commençaient même à passer à travers le toit. Je sus alors que je ne pouvais plus être d'aucune aide à mon patron, et que je perdrais ma vie à me mêler de l'histoire. D'où je me tenais, je pouvais voir des centaines de ces démons noirs portant encore leur manteau rouge sur le dos qui dansaient et hurlaient autour de la maison en flammes. Quelques-uns me montrèrent du doigt et deux balles sifflèrent à mes oreilles. Je partis à travers les rizières et tard dans la nuit j'arrivai en sécurité à l'intérieur d'Agra.

« Sécurité toute relative d'ailleurs ! Le pays entier s'agitait comme un essaim d'abeilles. Chaque fois qu'ils pouvaient se rassembler, les Anglais se contentaient de tenir le terrain sous le feu de leurs armes. Partout ailleurs, c'étaient des fugitifs sans défense. Le combat était inégal : des millions contre des centaines ! Le plus cruel de l'affaire était que ces hommes contre qui nous luttions : fantassins, cavaliers, artilleurs, faisaient tous partie des troupes spécialement sélectionnées, entraînées et équipées par nos soins, et qui maintenant utilisaient nos propres armes et jusqu'à nos propres sonneries de clairon. A Agra se trouvait le Troisième fusiliers du Bengale, quelques sikhs, deux sections de cavalerie, et une batterie d'artillerie. Un corps de volontaires composé de marchands et d'employés avait été constitué : je m'y fis admettre, moi et ma jambe de bois. Nous effectuâmes une sortie pour rencontrer les rebelles à Shahgunge, au début de juillet, et nous les repoussâmes pour un temps, mais la poudre vint à manquer, et il nous fallut nous replier dans la ville.

« Les pires nouvelles nous arrivaient de tous les côtés. Ce n'est d'ailleurs pas étonnant, car si vous regardez sur une carte, vous verrez que nous étions au cœur de l'insurrection. Lucknow est situé à un peu plus de cent soixante kilomètres à l'est et Cawnpore à environ la même distance au sud. Aux quatre points cardinaux, ce n'étaient que tortures, meurtres et brigandages.

« Agra est une grande ville bondée de fanatiques et de farouches adorateurs de toutes croyances. Parmi les ruelles étroites et tortueuses notre poignée d'hommes était inefficace. Le commandant décida donc de nous faire traverser la rivière et de prendre position dans le vieux fort d'Agra. Je ne sais si l'un de vous, messieurs, a jamais lu ou entendu quelque chose se rapportant à cette vieille citadelle. C'est un endroit très étrange, le plus étrange que j'aie connu ; et pourtant, j'ai été dans bien des coins bizarres ! Tout d'abord, ses dimensions sont gigantesques : plusieurs hectares. Il y a une partie moderne dans laquelle se réfugièrent garnison, femmes, enfants, provisions et tout le reste, sans pourtant épuiser toute la place. Mais ce coin-là n'est encore rien à côté de la dimension des vieilles parties du fort. Personne n'y va : elles sont abandonnées aux scorpions et aux mille-pattes. C'est plein de grands halls déserts, de passages tortueux, et d'un long labyrinthe de couloirs serpentant dans toutes les directions. On s'y perdait si facilement qu'il était rare que quelqu'un s'y aventurât. De temps en temps, pourtant, un groupe muni de torches partait en exploration.

« Le fleuve coule devant le vieux fort et le protège. Mais sur l'arrière et les côtés, il y avait de nombreuses portes, aussi bien dans la vieille citadelle que dans la nouvelle ; il fallait toutes les garder bien entendu ! Nous manquions d'hommes. Il y en avait à peine assez pour surveiller les angles des remparts et servir les pièces d'artillerie. Il était donc impossible d'organiser une garde conséquente à chacune des innombrables poternes. Un détachement de réserve fut organisé au milieu du fort, et chaque porte fut placée sous la garde d'un homme blanc et de deux ou trois indigènes. Je fus chargé de la surveillance, une partie de la nuit, d'une petite poterne isolée au sud-ouest. Deux soldats sikhs furent placés sous mon commandement ; ma consigne était de faire feu de

mon mousqueton en cas de danger. La garde centrale viendrait aussitôt à mon aide. Mais comme le
détachement était à plus de deux cents pas, distance
coupée de corridors et de passages sinueux, je dou-
tais fort qu'il puisse arriver à temps pour me secou-
rir en cas d'une véritable attaque.

« Eh bien, j'étais assez fier d'être chargé de cette
petite responsabilité ! Dame, j'étais une toute nouvelle recrue et infirme par-dessus le marché. Pendant
deux nuits, j'ai monté la garde avec mes Punjaubees :
deux grands gaillards au regard farouche ! Mahomet
Singh et Abdullah Khan, ainsi se nommaient-ils,
étaient deux vétérans de la guerre, et ils s'étaient
battus contre nous à Chilian Wallah. Ils parlaient
assez bien l'anglais mais je ne pouvais en tirer grand-
chose. Ils préféraient se tenir à l'écart et jacasser
entre eux toute la nuit dans leur étrange dialecte
sikh. Quant à moi, je me tenais au-dessus du portail,
regardant le large serpentin du fleuve s'étalant en
contrebas, ainsi que les lumières clignotantes de la
grande ville. Le roulement des tambours et des tam-
tams, les cris et les hurlements des rebelles ivres
d'opium et de vacarme, se chargeaient de nous rap-
peler, la nuit durant, le danger qui nous guettait de
l'autre côté du fleuve. Toutes les deux heures, un
officier faisait la ronde pour s'assurer que tout allait
bien.

« Pour ma troisième nuit de garde, le temps était
sombre : il tombait une pluie fine et pénétrante ;
c'était pénible ! J'essayai à maintes reprises d'enga-
ger la conversation avec les sikhs, mais sans grand
succès. A deux heures du matin, la ronde passa,
dissipant un moment la fatigue de la nuit. Désespé-
rant de faire parler mes deux hommes, je sortis ma
pipe et posai mon mousqueton à côté de moi pour
gratter une allumette. En un instant, les deux sikhs
furent sur moi. L'un s'empara de mon arme et la
pointa sur moi, l'autre brandit un grand couteau
près de ma gorge, jurant entre ses dents qu'il m'égor-
gerait si je faisais un pas.

« Ma première pensée fut qu'ils étaient d'accord avec les rebelles, et que c'était le commencement d'un assaut. Si notre porte passait entre les mains des cipayes, le fort tombait ; quant aux femmes et aux enfants, ils seraient traités comme à Cawnpore. Peut-être allez-vous penser, messieurs, que je veux me donner un beau rôle. Je vous jure pourtant que, pensant à ce que serait un tel massacre, j'ouvris la bouche, bien que sentant la pointe du couteau sur la gorge, avec la ferme intention de crier, ne serait-ce qu'une fois pour alerter la garde centrale. L'homme qui me tenait sembla lire mes pensées. Au moment où je prenais mon souffle, il murmura : « Pas un bruit ! Rien à craindre pour le fort. Il n'y a pas de chiens de rebelles de ce côté. » Sa voix sonnait sincère. Je savais que si j'élevais la voix, j'étais un homme mort. Je pouvais le voir dans les yeux bruns de l'homme. J'attendis donc en silence pour savoir ce qu'ils me voulaient.

« Ecoute-moi, sahib, dit Abdullah Khan, le plus grand et le plus féroce des deux. Maintenant, tu vas choisir : ou avec nous, ou la mort. La chose est trop importante pour nous ; nous n'hésiterons devant rien ! Ou bien tu es avec nous, cœur et âme, et tu le jures sur la croix des chrétiens ; ou bien, nous jetterons ton corps dans le fossé et nous rejoindrons nos frères dans l'armée rebelle. Il n'y a pas d'autre alternative. Que décides-tu ? La vie ou la mort ! Nous ne pouvons pas te donner plus de trois minutes, car il faut que tout soit fini avant la prochaine ronde.

« — Comment puis-je décider ! dis-je. Vous ne m'avez pas dit ce que vous voulez de moi. Mais si la sécurité de la forteresse est en jeu, alors vous pouvez m'égorger tout de suite ! Je préférerais cela.

« — On n'a absolument rien contre la citadelle ! répondit Khan. Nous te demandons d'œuvrer avec nous pour la même chose qui amène ici tes compatriotes. Nous te demandons d'être riche. Si tu acceptes d'être avec nous ce soir, nous te jurons sur la lame du poignard, et par les trois vœux qu'aucun sikh n'a jamais transgressés, que tu auras une part équitable du butin : il te reviendra un quart du trésor. Nous ne pouvons mieux te dire.

« — De quel trésor s'agit-il donc ? demandai-je. J'ai envie, autant que vous deux, d'être riche. Montre-moi ce qu'il faut faire.

« — Alors tu vas jurer sur les ossements de ton père, sur l'honneur de ta mère, sur la croix de ta foi, de ne parler contre nous ou de lever la main sur nous ni maintenant ni plus tard.

« — Je le jurerai à la condition que le fort ne soit pas en danger.

« — Alors mon camarade et moi te jurerons que tu auras un quart du trésor, lequel sera divisé également entre nous quatre.

« — Mais nous ne sommes que trois ! dis-je.

« — Non, il y a la part de Dost Akbar. J'ai le temps de t'expliquer ce dont il s'agit en l'attendant. Tiens-toi à la poterne, Mahomet Singh, et fais le guet. Je vais tout te raconter, sahib, parce que je sais que les Européens tiennent leurs serments, et que je puis avoir confiance en toi. Si tu avais été un de ces vils Hindous, et quand bien même tu aurais prêté serment sur tous les faux dieux de leurs temples, mon couteau serait entré dans ta gorge, et ton corps précipité dans le fleuve. Mais le sikh connaît l'Anglais, et l'Anglais comprend le sikh. Ecoute donc ce que je vais te dire.

« Il existe dans les provinces du Nord, un rajah qui possède de grandes richesses bien que ses terres soient peu étendues. Il en doit la plus grande partie à son père, mais il en a accumulé lui-même, car il est avare et il préfère entasser son or plutôt que de le dépenser. Quand commença la rébellion, il s'arrangea pour rester en bons termes avec le lion et le tigre ; avec les cipayes et les Anglais. Bientôt, pourtant, il lui sembla que les hommes blancs allaient être chassés. De l'Inde entière ne parvenaient des nouvelles que de leurs défaites et de leurs morts. Mais c'était un homme prudent, et il s'arrangea de telle sorte que, quel que fût le cours des événements, il ne perde pas plus de la moitié de son trésor. Il garda l'or et l'argent dans les caves de son palais. Mais il mit dans un coffre de fer ses pierres les plus précieuses et ses plus belles perles ; il les confia à un serviteur fidèle qui devait se présenter ici comme un marchand et garder la cassette en attendant que la paix soit rétablie. De cette manière, si les rebelles triomphaient il lui resterait son or. Mais si les Anglais reprenaient le pouvoir, ses joyaux lui resteraient. Après avoir ainsi divisé son magot, il se rangea du côté des cipayes qui étaient en force aux frontières de sa province. Remarque bien, sahib, qu'en faisant ainsi, ses biens revenaient de droit à ceux qui sont restés fidèles.

« Ce prétendu marchand qui a voyagé sous le nom de Achmet est maintenant dans la ville d'Agra ; il désire pénétrer dans la forteresse. Il voyage en compagnie de mon frère de lait, Dost Akbar, qui connaît son secret. Celui-ci lui a promis de le conduire cette nuit à une des poternes latérales du fort ; il a choisi la nôtre. Ils se présenteront donc d'une minute à l'autre. L'endroit est désert, et personne n'est au courant de sa venue. Le monde n'entendra plus jamais parler du marchand Achmet ; mais le grand trésor du rajah sera partagé entre nous. Qu'en dis-tu, sahib ? »

« Dans le Worcestershire, la vie d'un homme semble sacrée. Mais on ne raisonne plus sous le même angle lorsque le feu et le sang vous cernent de tous côtés, et que la mort vous guette à chaque pas. Que le marchand vive ou soit assassiné m'importait aussi peu que le destin d'un insecte. En revanche, l'idée du trésor me conquit. J'imaginais déjà tout ce que je pourrais faire en rentrant au pays ; la famille regarderait avec étonnement ce vaurien qui rentrait des Indes avec les poches pleines d'or. Ma décision fut vite prise. Mais Abdullah Khan, pendant que j'hésitais, tenta de me convaincre.

« Réfléchis, sahib, que si cet homme est pris par le

commandant, il sera pendu ou fusillé, et ses joyaux seront confisqués par le gouvernement. Personne n'en sera plus riche d'une roupie ! Mais si nous le capturons, nous confisquerons par nous-mêmes le trésor. Les joyaux seront aussi bien dans nos mains que dans les coffres du gouvernement. Il y en a assez pour faire de chacun de nous un homme riche et puissant. Personne ne connaît l'affaire ; nous sommes coupés du reste du monde. Quels risques courons-nous ? Allons, sahib, dis-moi maintenant si tu es avec nous, ou si nous devons te compter comme un ennemi.

« — Je suis avec vous cœur et âme ! dis-je.

« — Voilà qui est bien ! répondit-il, en me tendant mon mousqueton. Tu vois que nous avons confiance en toi. Je sais que ton serment, pas plus que le nôtre, ne peut être délié. Il ne nous reste plus qu'à attendre la venue de mon frère et du marchand.

« — Ton frère sait donc ce que tu vas faire ? demandai-je.

« — C'est lui qui a conçu ce plan. Allons à la porte partager le guet avec Mahomet Singh. »

« La pluie tombait toujours sans interruption ; la mousson commençait ; des nuages lourds et sombres dérivaient à travers le ciel. Il était difficile de voir à plus d'un jet de pierre. Un fossé s'étendait devant la porte que nous gardions, mais il était presque asséché par endroits, et on pouvait le franchir facilement. Je trouvai bizarre d'être là, à côté de ces deux sauvages Punjaubees, attendant un homme qui courait à la mort.

« J'aperçus soudain, de l'autre côté du fossé, la lueur d'une lanterne voilée. Elle disparut parmi les monticules, puis redevint visible ; elle se rapprocha de nous.

« Les voici ! m'exclamai-je.

« — Tu lanceras le qui-vive, sahib, comme à l'ordinaire, chuchota Abdullah. Ne lui donnons aucune cause d'inquiétude ! Envoie-nous à leur rencontre ; nous nous occuperons de lui pendant que tu resteras

ici à monter la garde. Tiens-toi prêt à dévoiler la
lanterne, afin que nous soyons sûrs que c'est bien
l'homme. »

« La lumière s'avançait en vacillant, s'arrêtant parfois puis revenant à nouveau. Je pus enfin distinguer
deux silhouettes de l'autre côté du fossé. Je les laissai
dégringoler la rive abrupte, patauger à travers la
mare, et remonter à demi l'autre versant, avant de
lancer le qui-vive.

« Qui va là ? dis-je d'une voix étouffée.

« — Des amis ! » répondit quelqu'un.

« Je découvris la lanterne, jetant sur eux un filet de
lumière. Le premier était un sikh gigantesque dont la
barbe noire descendait presque jusqu'à la taille.
Ailleurs que dans les cirques, je n'ai jamais vu
d'hommes aussi grand. Son compagnon était petit,
rond et gras, porteur d'un grand turban jaune sur la
tête, et à la main il portait un paquet enveloppé d'un
châle. Il tremblait de peur ; ses mains frémissaient
comme s'il avait la fièvre et sa tête n'arrêtait pas de
tourner de tous côtés ses petits yeux vifs aux aguets,
à la manière d'une souris s'aventurant hors de son
trou. J'eus froid dans le dos à la pensée de tuer cet
innocent, mais la pensée du trésor me redonna un
cœur de marbre. Lorsqu'il s'aperçut que j'étais Euro-
péen, il poussa une petite exclamation de joie et se
mit à courir vers moi.

« Ta protection, sahib ! haleta-t-il. Ta protection
pour le malheureux marchand Achmet. J'ai voyagé à
travers Rajpootana afin de me mettre sous la protection du fort d'Agra. J'ai été volé, et battu, et trompé,
parce que j'étais l'ami des Anglais. Bénie soit cette
nuit qui amène à nouveau la sécurité pour moi et
mes pauvres biens.

« — Qu'y a-t-il dans ce paquet ? demandai-je.

« — Une boîte en fer, répondit-il. Elle ne contient
qu'une ou deux affaires de famille ; des choses insi-
gnifiantes qui n'ont de valeur pour personne, mais
que je serais désolé de perdre. Cependant, je ne suis
pas un mendiant et je te récompenserai, jeune sahib,

et ton gouverneur aussi, s'il me donne l'abri que je demande. »

« Je n'étais plus assez sûr de moi pour lui parler encore. Plus je regardais ce visage bouffi et apeuré, plus il me semblait difficile de le tuer ainsi de sang-froid. Il fallait en finir au plus vite.

« Amenez-le à la garde principale, dis-je. »

« Les deux sikhs l'encadrèrent, tandis que le géant suivait derrière. Ils s'engagèrent ainsi dans le sombre passage. Jamais homme ne fut plus étroitement enserré par la mort. Je demeurai sur les remparts avec la lanterne.

« Je pouvais entendre la cadence des pas résonner le long du corridor désert. Soudain, ce fut le silence ; puis, des voix, le bruit confus d'une bagarre, de coups assourdis. Un instant plus tard, j'entendis à ma grande horreur des pas précipités se dirigeant dans ma direction, et la respiration bruyante d'un homme en train de courir. Je dirigeai ma lanterne en bas vers le long passage rectiligne ; et je vis le gros homme, courant comme le vent, le visage ensanglanté ; le grand sikh à la barbe noire le talonnait, bondissant comme un tigre, et la lame d'un couteau brillait dans sa main. Je n'ai jamais vu un homme courir aussi vite que ce petit marchand : il distançait le sikh ! Je me rendis compte que s'il passait et parvenait à l'air libre, il pourrait encore se sauver. Mon cœur compatit pour lui mais, à nouveau, la pensée du trésor m'endurcit de cynisme. Je lançai mon fusil entre ses jambes quand il fila devant moi et il boula sur lui-même comme un lapin atteint d'une décharge. Avant qu'il ait pu se relever, le sikh était sur lui et lui plongeait par deux fois le couteau dans le dos. L'homme ne bougea pas, ne poussa pas un seul gémissement ; il demeura là où il était tombé. J'ai pensé depuis qu'il s'était peut-être rompu le cou dans sa chute. Vous voyez, messieurs, que je tiens ma promesse. Je vous raconte l'affaire exactement comme elle s'est passée, que ce soit ou non en ma faveur. »

Il se tut, et tendit ses mains attachées vers le verre de whisky que Holmes lui avait préparé. J'avoue que personnellement, cet homme m'inspirait la plus grande horreur ; non seulement à cause de ce meurtre accompli de sang-froid auquel il avait été mêlé, mais plus encore par la manière nonchalante et dégagée avec laquelle il nous en avait fait la narration. Quel que fût le châtiment qui l'attendait, je ne pourrais jamais ressentir pour lui la moindre sympathie ! Assis, les coudes sur les genoux, Sherlock Holmes et Jones paraissaient profondément intéressés par l'histoire ; mais la même répulsion était peinte sur leurs visages. Small le remarqua peut-être, car c'est avec un certain défi dans la voix qu'il reprit :

« Bien sûr, bien sûr, tout cela est fort blâmable ! Mais je voudrais tout de même savoir combien de gens, à ma place, auraient refusé une part du butin en sachant que pour toute récompense de leur vertu, ils seraient égorgés ! D'ailleurs depuis qu'il avait pénétré dans la forteresse, c'était ma vie ou la sienne. S'il s'en était sorti, toute l'affaire aurait été mise en lumière. Je serais passé devant le tribunal militaire et probablement fusillé, car en ces temps troublés, les gens n'étaient pas très indulgents.

— Continuez votre histoire, coupa Holmes.

— Eh bien, nous transportâmes le corps, Abdullah, Akbar et moi. Et bon poids qu'il faisait, malgré sa petite taille ! Mahomet Singh fut laissé en garde de la porte. Les sikhs avaient déjà préparé un endroit. C'était à quelque distance, à travers un tortueux passage donnant sur un grand hall vide dont les murs de brique s'effondraient par endroits. Le sol de terre battue s'était affaissé là pour former une tombe naturelle. Nous y laissâmes Achmet le marchand ; nous le recouvrîmes des briques descellées. Puis nous retournâmes au trésor.

« Il était resté à l'endroit où l'homme avait été attaqué en premier lieu. Le coffre, c'est celui qui se trouve sur votre table. Une clef pendait, attachée par une corde en soie à cette poignée forgée sur le des-

sus. Nous l'ouvrîmes, et la lumière de la lanterne se
refléta sur une collection de joyaux comme j'en avais
rêvé ou lu l'histoire quand j'étais un petit garçon à
Pershore. Leur éclat nous aveuglait. Après nous être
rassasié les yeux de ce spectacle, nous sortîmes tout
du coffre pour établir la liste de son contenu. Il y
avait là cent quarante-trois diamants de la plus belle
eau ; l'un d'eux, appelé, je crois, « Le Grand Mon-
gol », est considéré comme la seconde plus grosse
pierre du monde. Il y avait également quatre-vingt-
dix-sept émeraudes, et cent soixante-dix rubis, mais
dont certains étaient de petite taille. Nous dénom-
brâmes en outre deux cent dix saphirs, soixante et
une agates, et une grande quantité de béryls, onyx,
turquoises et autres pierres. Je me suis documenté
sur les gemmes, mais à cette époque j'ignorais la
plupart de ces noms. Enfin il y avait près de trois
cents perles, toutes très belles ; douze d'entre elles
étaient serties sur une petite couronne d'or. Je ne sais
comment ces douze-là furent retirées du coffre ;
mais je ne les ai pas retrouvées.

« Après avoir compté nos trésors, nous les replaçâ-
mes dans le coffre que nous apportâmes à la poterne
afin de les montrer à Mahomet Singh. Là, fut renou-
velé le serment solennel de garder le secret et de ne
jamais nous trahir. Il fut convenu que le butin serait
planqué dans un endroit sûr jusqu'à ce que la paix
soit revenue dans le pays ; après quoi nous le parta-
gerions également entre nous. Il était inutile d'effectuer ce partage maintenant, car si jamais des gemmes d'une telle valeur étaient trouvées sur nous, cela
paraîtrait suspect ; d'autre part, nous ne disposions
pas de logements personnels, ni d'aucun endroit où
nous puissions les cacher. Le coffre fut donc trans-
porté dans le hall où reposait le corps d'Achmet ; un
trou fut ménagé dans le mur le mieux conservé, et le
trésor y fut placé et recouvert par des briques. Après
avoir soigneusement repéré l'emplacement, je dessi-
nai le lendemain quatre plans, un pour chacun
d'entre nous et mis au bas Le Signe des Quatre ;

nous nous étions en effet promis que chacun agirait toujours pour le compte de tous, afin que l'égalité soit préservée. Voilà un serment que je n'ai jamais rompu, je puis le jurer la main sur le cœur.

« Il est inutile, messieurs, de vous raconter ce qu'il advint de la rébellion. Après que Wilson se fut emparé de Delhi et que Sir Colin eut dégagé Lucknow, la révolte eut les reins brisés. Des renforts ne cessaient d'affluer. Une colonne volante sous les ordres du colonel Greathed parvint jusqu'à Agra, et en chassa les rebelles. La paix semblait lentement s'étendre sur le pays. Nous espérions tous les quatre que le moment était proche où nous pourrions partir en toute sécurité avec notre part du butin. Mais en un instant, nos espoirs s'effondrèrent. Nous fûmes arrêtés pour le meurtre d'Achmet.

« Voici comment cela se produisit. Le rajah avait remis les joyaux entre les mains d'Achmet, parce qu'il savait que celui-ci était un homme dévoué. Mais en Orient, les gens sont très méfiants. Que fit alors le rajah ? Il prit un deuxième serviteur encore plus digne de confiance, et le chargea d'espionner Achmet, de le suivre comme une ombre et de ne jamais le perdre de vue. Il le suivit donc cette nuit-là, et le vit passer la poterne du fort. Pensant évidemment qu'il y avait trouvé refuge, il se fit admettre le jour suivant, mais ne parvint pas à retrouver la trace d'Achmet. Cela lui sembla si étrange qu'il en parla à un sergent qui fit parvenir l'histoire jusqu'aux oreilles du commandant. Une recherche approfondie fut rapidement organisée, et le corps fut découvert. Ainsi, au moment même où nous croyions tout danger écarté, nous fûmes tous quatre saisis et jugés pour meurtre ; trois d'entre nous, parce que nous avions été de garde cette nuit-là, et le quatrième parce que l'on savait qu'il avait été en compagnie de la victime. Il ne fut pas question des joyaux durant tout le procès. Le rajah avait été déposé et exilé, et personne ne portait d'intérêt particulier à cette question. Les trois sikhs furent condamnés à la détention perpétuelle, et moi à la peine de mort ; ma sentence fut ensuite commuée en détention perpétuelle.

« Nous nous trouvions ainsi dans une situation plutôt bizarre ! Nous étions là, tous quatre, enchaînés par la cheville et presque sans espérance alors que nous connaissions un secret qui, si nous avions pu l'utiliser, nous aurait permis de mener une existence de seigneur. Il y avait de quoi se ronger le cœur d'être à la merci des coups de pied et des coups de poing de n'importe quel garde imbécile, de boire de l'eau et de ne manger que du riz, alors qu'une fortune fabuleuse attendait simplement qu'on veuille bien la prendre. Cela aurait pu me rendre fou. Mais j'ai toujours été plutôt obstiné. J'ai tenu bon, attendant des jours meilleurs.

« Ceux-ci semblèrent enfin se dessiner. Je fus transféré d'Agra à Madras et de là à l'île Blair dans les Andaman. Ce camp comptait très peu de bagnards blancs, et, comme je m'étais toujours bien conduit, j'eus bientôt droit à une sorte de régime privilégié. Il me fut donné une hutte à Hope Town, village situé au flanc du mont Harriet, et on m'y laissa relativement tranquille. C'est un endroit morne, dévasté par les fièvres, et cerné de toutes parts par la jungle infestée de sauvages toujours prêts à décocher un de leurs dards empoisonnés lorsque l'occasion d'une cible blanche se présente. Il y avait des tranchées à creuser, des remblais à construire, des plantations à aménager et des dizaines d'autres choses à faire. Nous trimions donc tout le jour, mais le soir on nous laissait un peu de temps libre. Entre autres fonctions, j'étais chargé de distribuer les médicaments ; j'acquis ainsi quelques connaissances médicales. J'étais sans cesse à l'affût d'une possibilité d'évasion. Mais la plus proche terre était à des centaines de kilomètres de notre île, et le vent souffle rarement par là. L'entreprise s'avérait donc très difficile.

« Le médecin, docteur Somerton, était un jeune homme sportif et bon enfant. Les autres jeunes officiers se réunissaient souvent chez lui dans la soirée pour une partie de cartes. L'infirmerie où je préparais mes drogues était située à côté de leur pièce sur laquelle donnait un petit guichet. Souvent, lorsque je me sentais seul, j'éteignais la lumière de l'infirmerie, et me postais près du guichet d'où je pouvais les entendre et les voir jouer. Il y avait le major Sholto, le capitaine Morstan, et le lieutenant Bromley Brown, tous trois commandant des troupes indigènes. Le médecin était là, naturellement, ainsi que deux ou trois administrateurs du pénitencier ; ces derniers, joueurs habiles, endurcis, faisaient des parties adroites et sans risque. Cela donnait des réunions bien agréables.

« Une chose me frappa très vite : les civils gagnaient toujours aux dépens des militaires. Remarquez que je ne dis pas qu'il y avait tricherie, mais le fait est là. Ces fonctionnaires de la prison n'avaient fait que jouer aux cartes depuis leur nomination aux Andaman, et chacun connaissait parfaitement la façon de jouer des autres. Les militaires jouaient juste pour passer le temps et jetaient leurs cartes n'importe comment. Nuit après nuit, les officiers sortaient de table un peu plus pauvres, et plus ils perdaient, plus ils s'acharnaient au jeu. Le major Sholto était le plus atteint. Au début, il jouait de l'argent liquide mais bientôt, il s'endetta lourdement et signa des reconnaissances de dettes. Il gagnait parfois quelques mains, histoire de reprendre courage, puis la chance se retournait à nouveau contre lui : pire qu'avant. Il errait tout le jour, sombre comme un orage ; et il se mit à boire plus qu'il n'aurait dû.

« Une nuit, il perdit encore davantage qu'à l'ordinaire. J'étais assis dans ma hutte lorsque le capitaine Morstan et lui, regagnant leur demeure, passèrent à proximité. C'étaient des amis de cœur, ces deux-là !

On les voyait toujours ensemble. Le major se lamentait sur ses pertes.

« C'est la fin, Morstan ! soupira-t-il en passant devant ma hutte. Il va falloir que je démissionne. Je suis un homme ruiné.

« — Allons, ne dites pas de bêtises, mon vieux ! dit l'autre en lui tapant sur l'épaule. J'ai aussi de la déveine, moi-même, mais... »

« C'est tout ce que je pus entendre ; cela me donna à réfléchir. Deux jours plus tard, le major se promenait sur le bord de la plage ; je tentai ma chance.

« Je désire avoir votre avis, major, dis-je.

« — Oui ! Eh bien, à quel sujet ? demanda-t-il en retirant son cigare de la bouche.

« — Je voulais vous demander, monsieur, à quelles autorités devrait être remis un trésor caché ? Je sais où se trouve plus d'un demi-million. Comme je ne puis l'utiliser moi-même, je pense que la meilleure chose à faire est sans doute de le remettre aux autorités. Ce geste me vaudrait peut-être une réduction de peine ?

« — Un demi-million, Small ? balbutia-t-il tout en m'observant avec attention pour voir si je parlais sérieusement.

« — Au moins cela, monsieur ; en perles et pierres précieuses. Il est à la portée de n'importe qui. Le plus curieux est que le vrai propriétaire ayant été proscrit, il n'a plus aucun titre sur ce trésor, qui appartient ainsi au premier venu.

« — Au gouvernement, Small ! bégaya-t-il. Au gouvernement. »

« Mais il le dit d'une manière si peu convaincue que je sus avoir gagné la partie.

« Vous pensez, monsieur, que je devrais donc donner tous les renseignements au gouverneur général ? dis-je tranquillement.

« — Ah ! mais il ne faut pas agir avec précipitation ; vous pourriez le regretter. Racontez-moi tout, Small. Quels sont les faits ? »

« Je lui racontai toute l'histoire, changeant toutefois quelques détails afin qu'il ne puisse identifier les endroits. Lorsque j'eus fini, il resta immobile, perdu dans ses pensées. Je pouvais voir par ses lèvres crispées qu'un combat se déroulait en lui.

« C'est une affaire très importante, Small, dit-il enfin. N'en parlez à personne. Je vous reverrai bientôt. »

« Quarante-huit heures plus tard, le capitaine Morstan et lui vinrent, lanterne à la main, me voir dans ma hutte au plus profond de la nuit.

« Je voudrais que le capitaine entende l'histoire de votre propre bouche, Small », dit-il.

« Et je la répétai, telle que je la lui avais narrée.

« Cela sonne juste, eh ? dit-il. Cela vaut la peine d'essayer, non ? »

« Le capitaine Morstan opina de la tête.

« Ecoutez-moi, Small, dit le major. Nous en avons parlé, mon ami et moi, et nous avons conclu qu'un tel secret ne concernait vraiment pas le gouvernement. Il me semble que cela vous regarde seul, et que vous avez le droit d'en disposer comme il vous plaît. La question qui se pose est maintenant celle-ci : quelles sont vos conditions ? Nous pourrions peut-être les accepter, ou tout au moins en discuter pour voir si l'on peut parvenir à un arrangement. »

« Il s'efforçait de parler d'une manière froide et détachée, mais ses yeux brillaient de convoitise et d'excitation.

« A ce sujet, messieurs, un homme dans ma situation ne peut demander qu'une seule chose, répondis-je, m'efforçant moi aussi au calme, mais tout aussi excité que lui. Je vous demanderai de m'aider à gagner ma liberté et celle de mes trois compagnons. Nous vous donnerions alors un cinquième du trésor à vous partager.

« — Hum ! dit-il. Un cinquième ! Cela n'est pas très tentant.

« — Cela représente tout de même cinquante mille livres chacun ! dis-je.

« — Mais comment pouvons-nous vous donner la

liberté ? Vous savez très bien que vous demandez l'impossible.

« — Pas du tout, répondis-je. J'ai réfléchi à la question jusque dans les moindres détails. Le seul obstacle à notre évasion est l'impossibilité d'obtenir un bateau capable d'un tel voyage, et des provisions en quantité suffisante. Or, il y a à Calcutta ou Madras nombre de petits yachts ou yoles qui nous conviendraient parfaitement. Il vous suffira d'en amener un. Nous monterons à bord pendant la nuit ; et vous n'aurez rien d'autre à faire qu'à nous laisser en un point quelconque de la côte indienne.

« — S'il n'y avait que l'un de vous... murmura-t-il.

« — Ce sera tous les quatre ou personne ! Nous l'avons juré. Nous devons toujours agir ensemble tous les quatre.

« — Vous voyez, Morstan, dit-il, Small tient ses promesses. Il reste fidèle à ses amis. Je pense que nous pouvons avoir entièrement confiance en lui.

« — C'est une sale affaire ! répondit l'autre. Mais comme vous dites, l'argent nous dédommagera largement de notre carrière.

« — Eh bien, Small, dit le major, nous devons, je pense, essayer de remplir vos conditions. Mais, bien entendu, il nous faut d'abord être certains de la véracité de votre histoire. Dites-moi où est caché le coffre ; j'obtiendrai une permission et je prendrai le navire de ravitaillement pour aller voir sur place.

« — Pas si vite ! protestai-je, car je devenais plus audacieux à mesure qu'il s'échauffait. Je dois obtenir le consentement de mes trois camarades. Je vous le dis ; c'est nous quatre ou personne.

« — C'est ridicule ! s'écria-t-il. Qu'est-ce que ces trois Noirs ont à faire avec notre convention ?

« — Noirs ou bleus, dis-je, ils sont avec moi, et nous faisons tout ensemble. »

« Eh bien, l'affaire se termina par une deuxième entrevue à laquelle participaient Mahomet Singh, Abdullah Khan, et Dost Akbar. Nous discutâmes à nouveau la question, et les détails furent enfin arrangés. Nous donnerions à chacun des deux officiers un plan de la partie du fort d'Agra qui nous intéressait, en indiquant le mur et l'emplacement du trésor. Le major Sholto se rendrait aux Indes pour vérifier notre histoire. S'il trouvait le coffre, il devait le laisser en place, et envoyer un petit yacht approvisionné pour un voyage. L'embarcation mouillerait à quelque distance de l'île Rutland à laquelle il nous faudrait parvenir. Après quoi, le major reviendrait prendre ses fonctions. Le capitaine Morstan demanderait à son tour une permission pour nous rencontrer à Agra. Le partage final du trésor aurait alors lieu là-bas. L'officier prendrait sa part et celle de Sholto. Les plus solennels serments que l'esprit peut concevoir et la bouche proférer scellèrent notre accord. Muni de papier et d'encre, je travaillai toute la nuit. Au matin, les deux plans étaient faits et paraphés du Signe des Quatre, c'est-à-dire, Abdullah, Akbar, Mahomet et moi.

« Je dois vous lasser avec ma longue histoire, messieurs. Je sais que mon ami, M. Jones, est impatient de me mettre en cellule ; aussi je serai aussi bref que possible. L'infâme Sholto partit pour l'Inde, mais ne revint jamais. Le capitaine Morstan, peu de temps après son départ, me montra son nom sur une liste de passagers en route pour l'Angleterre. Son oncle était mort, lui laissant une fortune ; il avait quitté l'armée. Et pourtant, voilà comment il s'abaissa à traiter cinq hommes ! Morstan partit pour Agra quelque temps plus tard, et découvrit, comme nous le pensions, que le trésor n'était plus là. Le gredin l'avait volé sans remplir les conditions en échange desquelles nous lui avions livré le secret. Depuis ce jour, j'ai vécu seulement pour me venger. J'y pensais le jour, et j'en rêvais la nuit. Cela devint chez moi une obsession dévorante. Plus rien ne m'importait ; ni les lois, ni la pendaison. M'évader, retrouver Sholto, glisser ma main autour de son cou, je n'avais que cette pensée en tête. Le trésor d'Agra, en comparaison de la haine meurtrière que je vouais à Sholto, perdait à mes yeux de son importance.

« Eh bien, je me suis fixé pas mal de buts dans ma vie, et je les ai toujours atteints ! Mais de longues, longues années passèrent avant que l'occasion puisse se présenter. Je vous ai dit que j'avais un peu appris à soigner. Un jour que le docteur Somerton était couché avec les fièvres, un groupe de prisonniers ramassa dans les bois un petit insulaire andaman et me l'amena. Gravement malade, il s'était rendu en un endroit isolé pour mourir. Bien qu'il fût aussi venimeux qu'un jeune serpent, je le pris en main et parvins à le guérir. Deux mois après il parvenait à marcher mais, s'étant attaché à moi, il repartit sans plaisir dans les bois, et revint sans cesse rôder autour de ma hutte. J'appris un peu son dialecte, ce qui ne fit qu'accroître son affection.

« Tonga, c'est ainsi qu'il s'appelait, possédait un grand canoë qu'il utilisait à merveille. Lorsque je fus convaincu que ce petit homme m'était tout dévoué et qu'il était prêt à faire n'importe quoi pour me servir, j'entrevis une possibilité d'évasion. Je lui en parlai. Il lui faudrait amener son bateau la nuit près d'un débarcadère désaffecté qui n'était jamais gardé, et emporter plusieurs outres d'eau, le plus possible de *yams*, noix de coco et patates douces.

« Il était fidèle et sincère, ce petit Tonga ! Jamais homme n'eut compagnon plus dévoué. Il amena son embarcation au quai la nuit indiquée. Mais le hasard voulut qu'un garde se trouvât là ; c'était un vil Pathan qui n'avait cessé de m'insulter et de me nuire. J'avais fait le vœu de me venger, et maintenant la chance s'offrait à moi. C'était comme si le destin l'avait expressément placé sur mon chemin afin que je puisse payer ma dette avant de quitter l'île. Il se tenait sur le remblai, me tournant le dos, sa carabine en bandoulière. Je cherchai autour de moi un roc avec lequel lui casser la tête, mais je n'en vis aucun.

« Une étrange pensée me traversa alors l'esprit. Je m'assis sans bruit dans l'obscurité et défis ma jambe de bois. En trois grands sauts, je fus sur lui. Il mit sa carabine à l'épaule, mais je le frappai de plein fouet et lui défonçai le crâne. Le pilon est fendu à l'endroit où j'ai tapé, vous pouvez voir. Nous nous écroulâmes tous les deux, car je ne pus garder mon équilibre. Mais quand je me relevai, lui resta étendu. Je me dirigeai vers le bateau ; une heure plus tard nous étions déjà loin en mer. Tonga avait emmené tout ce qu'il possédait sur terre, ses armes et ses dieux. Il avait entre autres, une longue lance en bambou et quelques nattes en fibre de cocotier, avec lesquelles je confectionnai une sorte de voile. Dix jours durant, nous naviguâmes au hasard, espérant que la chance nous sourirait. Le onzième, un cargo nous récupéra. Il transportait des pèlerins malais de Singapour à Jiddah. C'était une foule étrange ! Tonga et moi parvînmes bientôt à nous mêler à eux. Ils avaient en commun une précieuse qualité : ils ne posaient pas de questions, et nous laissaient tranquilles.

« Mais s'il fallait vous raconter toutes les aventures par lesquelles nous sommes passés, mon petit copain et moi, vous demanderiez grâce, car il me faudrait vous garder ici jusqu'au matin. Nous voyageâmes un peu partout dans le monde. Il surgissait toujours quelque chose pour nous empêcher d'arriver à Londres. Mais jamais durant ce temps, je ne perdais de vue mon but. Je rêvais de Sholto la nuit. Pourtant, enfin, nous nous trouvâmes un jour en Angleterre ; il y a de cela trois ou quatre ans. Il ne fut pas très difficile de découvrir où il vivait et je me mis en quête de savoir s'il avait vendu le trésor ou s'il le possédait encore. Je me liai avec quelqu'un qui pouvait m'aider. Je ne donne pas de noms, car je ne tiens pas à mettre qui que ce soit dans le bain. J'appris bientôt que Sholto avait encore les joyaux. Je tentai de bien des façons de parvenir jusqu'à lui ; mais il était rusé, méfiant, et il y avait toujours deux anciens boxeurs, en plus de ses fils et de son *khitmutgar*, pour le garder.

« Puis un jour, j'appris qu'il se mourait. Je me

précipitai dans le jardin, furieux qu'il échappe ainsi à mes griffes. Regardant par la fenêtre, je le vis, étendu sur son lit, ses deux fils de chaque côté. Je serais entré et j'aurais tenté le tout pour le tout contre eux trois, mais je vis sa mâchoire tomber et je sus qu'il venait de mourir. Je pénétrai dans sa chambre pendant la nuit pour fouiller ses papiers dans l'espoir d'y trouver une indication concernant le trésor. Il n'y avait pas un mot là-dessus ! Je m'en retournai amer et furieux comme vous pouvez le penser. Mais avant de partir, je pensai que mes amis sikhs seraient contents de savoir que j'avais laissé une preuve de notre haine. J'inscrivis donc le Signe des Quatre, comme il était marqué sur les plans, et l'accrochai sur sa poitrine. Ainsi, au moins Sholto ne serait pas enseveli sans être marqué par les hommes qu'il avait volés et trahis.

« Pour gagner notre vie à cette époque, nous parcourions les foires et autres endroits où j'exhibais le pauvre Tonga, le Noir cannibale. Il mangeait de la viande crue et exécutait ses danses guerrières. Nous parvenions ainsi à toujours remplir de petite monnaie mon chapeau en une journée de travail. J'avais régulièrement des nouvelles de Pondichery Lodge. Quelques années passèrent sans rien d'important ; on cherchait toujours le trésor. Enfin vint le jour attendu si longtemps. Le coffre venait d'être trouvé dans un faux grenier, au-dessus du laboratoire de M. Bartholomew Sholto. J'accourus immédiatement et inspectai les lieux. Mais je ne voyais pas comment, avec ma jambe de bois, je pourrais me hisser jusque-là. La tabatière sur le toit me donna la solution. Il m'apparut que la chose serait facile avec l'aide de Tonga. Calculant tout en fonction de l'heure du dîner de Bartholomew Sholto, j'amenai mon petit copain et lui enroulai une longue corde autour de la taille. Il pouvait grimper comme un chat, et il parvint rapidement sur le toit. La malchance voulut que Bartholomew Sholto fût encore dans sa chambre ; cela lui coûta la vie. Tonga crut qu'en le tuant, il faisait quelque chose de très bien ; en effet, lorsque je parvins dans la pièce, il se promenait fier comme un paon. Il fut tout étonné lorsque je me précipitai sur lui, corde en main, et que je le maudis en le traitant de petit démon sanguinaire. Je m'emparai du coffre au trésor, le fis descendre par la fenêtre et suivis le même chemin après avoir laissé sur la table Le Signe des Quatre pour montrer que les joyaux étaient enfin revenus à ceux qui y avaient droit. Puis Tonga ramena la corde à l'intérieur, ferma la fenêtre et reprit le chemin par lequel il était venu.

« Je ne vois rien d'autre à vous dire. J'avais entendu un marin vanter la vitesse de la chaloupe de Smith, l'*Aurore*. Je pensai qu'elle serait bien pratique pour notre évasion. Je m'arrangeai avec le vieux Smith qui devait recevoir une grosse somme s'il nous amenait en sûreté jusqu'à notre navire. Il se doutait évidemment qu'il y avait quelque chose de louche, mais sans rien savoir de précis. Tout ceci est la vérité, messieurs. Et si je vous fais ce récit, ce n'est pas pour vous distraire ; je n'ai pas à être complaisant après ce que vous m'avez fait. Je pense seulement que la meilleure défense que je puisse adopter est la vérité absolue et sans réticence. Il faut que tout le monde sache combien le major Sholto m'a abusé, et que je suis innocent de la mort de son fils.

— Voilà une histoire remarquable ! dit Sherlock Holmes. Et dont les péripéties concordent parfaitement. Je n'ai absolument rien appris de neuf dans la dernière partie de votre récit, sinon que vous aviez apporté vous-même la corde ; cela je l'ignorais. Incidemment, j'avais espéré que Tonga avait perdu tous ses dards, mais il nous en a décoché un sur le bateau.

— Il les avait tous perdus, monsieur. Mais il lui restait celui qui se trouvait alors dans sa sarbacane.

— Ah ! oui, bien sûr ! dit Holmes. Je n'avais pas songé à cela.

— Avez-vous d'autres questions à me poser ? demanda affablement le prisonnier.

— Je ne pense pas, merci ! répondit mon compagnon.

— Eh bien, Holmes ! dit Athelney Jones. Vous êtes un homme à qui on aime faire plaisir, et nous savons tous que vous êtes un fin connaisseur du crime. Mais le devoir est le devoir, et j'ai transgressé bien des règles pour faire ce que vous et votre ami m'avez demandé. Je me sentirai soulagé lorsque notre narrateur sera en sûreté derrière les verrous. La voiture attend toujours et il y a deux inspecteurs en bas. Je vous suis très obligé pour l'aide que vous m'avez apportée tous les deux. Bien entendu, votre présence sera requise lors du procès. Je vous souhaite le bonsoir !

— Bonsoir, messieurs ! dit Small.

— Vous d'abord, Small ! lança Jones prudemment comme ils quittaient la pièce. Je ne veux pas vous laisser la chance d'utiliser à nouveau votre jambe de bois comme vous l'avez fait avec cet homme aux îles Andaman.

— Eh bien, voilà notre petit drame parvenu à sa conclusion, remarquai-je après un instant de silence. Mais je crains, Holmes, que ceci soit notre dernière affaire : Mlle Morstan m'a fait l'honneur de m'accepter comme son futur mari. »

Il poussa un grognement des plus lugubres.

« J'en avais peur ! dit-il. Je ne peux vraiment pas vous féliciter. »

Je fus un peu peiné.

« Avez-vous quelque raison de trouver mon choix mauvais ? demandai-je.

— Absolument pas : c'est une des plus charmantes jeunes femmes que j'aie jamais rencontrées ! Je pense qu'elle aurait pu être très utile dans le genre de travail que nous faisons. Elle a certainement des dispositions ; témoin la façon dont elle a conservé ce plan d'Agra entre tous les autres papiers de son père. Mais l'amour est tout d'émotion. Et l'émotivité s'oppose toujours à cette froide et véridique raison que je place au-dessus de tout. Personnellement, je ne me marierai jamais de peur que mes jugements n'en soient faussés.

— J'espère pourtant que ma raison surmontera cette épreuve, dis-je en riant. Mais vous avez l'air fatigué, Holmes !

— La réaction ! Je vais être comme une épave toute une semaine.

— Il est étrange, dis-je, que ce que j'appellerais paresse chez un autre homme, alterne chez vous avec ces accès de vigueur et d'énergie débordantes.

— Oui, répondit-il. Il y a en moi un oisif parfait et un gaillard plein d'allant. Je pense souvent à ces vers du vieux Goethe :

Schade dass die Natur nur einen Mensch aus dir
                                              [*schuf.*
Den zum würdigen Mann war und zum Schelmen
                                              [*der Stoff*[1].

— Mais pendant que j'y pense, Watson, à propos de cette affaire de Norwood, vous voyez qu'ils avaient un complice dans la maison. Ce ne peut être que Lal Rao, le maître d'hôtel. Ainsi, Jones pourra se vanter d'avoir capturé tout seul un poisson dans son grand coup de filet.

— Le partage semble plutôt injuste ! C'est vous qui avez fait tout le travail dans cette affaire. A moi, il échoit une épouse ; à Jones, les honneurs. Que vous reste-t-il donc, s'il vous plaît ?

— A moi ? répéta Sherlock Holmes. Mais il me reste la cocaïne, docteur ! »

Et il allongea sa longue main blanche pour se servir.

---

1. « Il est dommage que la nature n'ait fait de toi qu'un seul homme. Toi qui avais l'étoffe d'un saint et d'un brigand. »
                                                        (N.D.T.)

Table

Le Livre de Poche s'engage pour
l'environnement en réduisant
l'empreinte carbone de ses livres.
Celle de cet exemplaire est de :

250 g éq. CO$_2$

Rendez-vous sur
www.livredepoche-durable.fr

PAPIER À BASE DE
FIBRES CERTIFIÉES

Composition réalisée par JOUVE

Achevé d'imprimer en août 2014 en Espagne par
CPI
Dépôt légal 1re publication : septembre 1995
Édition 11 – août 2014
LIBRAIRIE GÉNÉRALE FRANÇAISE – 31, rue de Fleurus – 75278 Paris Cedex 06